U0922902

八年乡官风雨路

梁忠文 著

山西出版传媒集团 山西人民出版社

图书在版编目（CIP）数据

八年乡官风雨路：30年前一位乡党委书记的民生情怀／梁忠文著．—太原：山西人民出版社，2016.8
ISBN 978－7－203－09542－2

Ⅰ．①八…　Ⅱ．①梁…　Ⅲ．①纪实文学－中国－当代　Ⅳ．①I25

中国版本图书馆CIP数据核字（2016）第201156号

八年乡官风雨路：30年前一位乡党委书记的民生情怀

著　　者：梁忠文
责任编辑：李广洁
装帧设计：谢　成

出 版 者：山西出版传媒集团·山西人民出版社
地　　址：太原市建设南路21号
邮　　编：030012
发行营销：0351—4922220　4955996　4956039　4922127（传真）
天猫官网：http：//sxrmcbs.tmall.com　电话：0351—4922159
E—mail：sxskcb@163.com　发行部
sxskcb@126.com　总编室
网　　址：www.sxskcb.com

经 销 者：山西出版传媒集团·山西人民出版社
承 印 者：山西出版传媒集团·山西新华印业有限公司

开　　本：720mm×1010mm　1/16
印　　张：13
字　　数：160千字
印　　数：1—1000册
版　　次：2016年8月　第1版
印　　次：2016年8月　第1次印刷
书　　号：ISBN 978－7－203－09542－2
定　　价：28.00元

作者（右）与当年的县委书记张维庆

张维庆：曾任山西省委常委、省委宣传部部长、常务副省长，国家人口和计划生育委员会主任，中共中央委员，全国政协常委等。

作者简介

梁忠文　山西省壶关县百尺镇禄池村人。1954 年毕业于山西省立长治师范学校，同年 2 月参加工作。曾任初小教师、高小教师。1955 年调入壶关县委机关工作，先后在县委宣传部、县委农工部、县委组织部、县委办公室等部门当干事。1976 年任壶关县崇贤公社主任。1978 年任壶关县粮食局副局长。1980 年任壶关县西庄公社党委书记。1988 年任壶关县土地管理局局长。曾任中共壶关县委第六届、第七届委员。曾出席过省、市、县三级劳模表彰会。曾受到过原中共晋东南地委的特殊奖励。曾在中央、省、市三级报刊及出版社发表各类文章 300 余篇。主要著作有《县委书记就应该这样做》《田苑之声》《大地的呼唤》等。

目录

修身篇 / 155

结局篇 / 179

为人民服务的好乡官——梁忠文

张维庆

2015年8月，我收到梁忠文同志寄来的《八年乡官风雨路》书稿，还有一封他写给我的信。之前，他花了三年时间，写了《县委书记就应该这样做》一书。现在又反复学习中共中央印发的《关于加强乡镇干部队伍建设的若干意见的通知》，他在信中谈了自己的体会："乡镇一级是万丈高楼的根基，是中国最低一级的政府，是中国最关键的岗位。"乡镇书记是最优秀的人才，是中国农村的顶梁柱。选好乡镇书记，就稳住了农村这个大头，就有了把握全局的主动权……

学习中央文件，回顾沧桑岁月，面对当今现实，已经80多岁的梁忠文疾病缠身，思绪难平，总想把自己当乡镇书记八年间经历过的风风雨雨天，坎坎坷坷路，酸甜苦辣味写出来，回报党，回报社会，只想起到一个抛砖引玉的作用。

我静下心来，认真拜读他所写的人和事，朴实无华的文风，真挚真实的感情，催人泪下的故事，浓烈的民生情怀和一身的浩然正气，使我心潮起伏，激动万分，好像又回到80年代战天斗地的岁月。忠文同志所写的人和事，有一部分我十分熟悉，是在我任壶关县委书记时发生的；更多的人和事，是我离开壶关县以后发生的。壶关县是太行山革命老区县，干部作风雷厉风行，群众爱党信党，民风纯正朴实，虽然我只在那里工作了两年时间，却给我留下终生难忘的印象。壶关县有许多好干部，梁忠文就是其中之一。他写的《八年乡官风雨路》是那么用心、真切，那么精细、准确，那么生动、鲜活，足以说明他的为人为官的自律、认真、求实和敢当。

为人民服务，贵在知行合一，贵在始终如一。梁忠文同志真正做到了，很不容易，值得人们学习。

一

忠文同志生在贫寒之家。孤儿的命运，苦难的经历，翻身的喜悦，奠定了他爱憎分明的情感基础。1941年到1943年，三年大旱，颗粒无收，爸爸打工走了，再没有回来，妈妈为了活命，忍痛割爱卖掉两个弟弟，使他变成了“独苗”。妈妈为了他，去给别家当奶妈，后来领着他去讨饭，他被地主家的大黑狗咬住小腿，鲜血直流……在极度悲惨、度日如年的艰难岁月，他和妈妈盼来了共产党。发放救济粮，进行土地改革，他家分了六亩土地和三间房屋，过上了好日子。妈妈送他去读书，使他有了文化，从此走上了光明大道。新旧社会的强烈对比，使梁忠文幼小的心灵中种下了热爱共产党，永远跟党走的种子。随着时光的推移和勤奋地学习，这颗种子生根、发芽、开花、结果。这就是梁忠文同志信仰坚定的根基，也是他为老百姓疾苦始终如一的奋斗动力。

二

忠文同志的身上，始终体现出一种敢于担当的勇气。还在我任壶关县委书记时，就十分欣赏他的这种品格。他在《八年乡官风雨路》一书中所写的六个故事，生动地描绘出他的这种果敢精神和担当勇气。在现实生活中，特别是当今官场，不愿担当、不敢担当，明哲保身、但求无过，宁愿不干事、只要不出事的好人主义心态实在是太普遍了。原因是什么？一言难尽。但我认为客观原因是大环境的改变，让敢于担当的好干部得不到有力的支持与保护；主观原因是不少干部的人生观、价值观、世界观发生了扭曲和变异。不再相信全心全意为人民服务的宗旨和无私奉献的精神追求，而去追逐金钱、权利、美色和享受。忠文同志之所以敢于担当，是在于无私者无畏，在于真正做到实事求是。为党为国为民敢于担当的精神，在当时是思想解放的表现，被传为佳话，在今天更显得难能可贵，值得大力提倡。

三

忠文同志对老百姓有着天然般的深厚感情，他是用知行合一的扎实行动在真正践行为人民服务的宗旨，他视老百姓冷暖比海深，视人民利益比天高。他没有那么多豪言壮语，却在一件又一件实实在在的、看似无足轻重的小事上为百姓排忧解难。百姓的吃饭、花钱、穿衣、住房、婚姻，孩子上学和找工作，抚养苦命孤儿，帮助双目失明的人过上好日子，帮助致富带头人闯难关，调解家中疑难之事等，事事记在心里，件件说到做到，取信于民，从不失言。而对自己的孩子，他却亏欠太多。毛主席说过，一个人做点好事并不难，难的是一辈子做好事，不做坏事。忠文同志做到了，所以他值得人们敬仰。虽然他只是个比芝麻官还小的乡官，但与那些贪腐的高官相比，他却显得伟大和自信。像梁忠文一样的一大批甘于奉献的乡官，才是百姓的贴心人，共和国的顶梁柱。

四

忠文同志怀着为人民服务的情怀，在乡镇书记的岗位上，兢兢业业，勤勤恳恳，不务虚名，不尚空谈。他始终坚持从群众中来、到群众中去的工作方法，从不同风格和特点的干部身上学习总结科学的工作方法和领导艺术，从人民群众在发展经济、改革开放的丰富实践中树立学习的榜样，吸取改天换地的智慧和力量。一个榜样就是一面旗帜，就是一股力量，就是一条路子。因为这些榜样就生活在群众之中，看得见、摸得着、好学习、易推广，一花引得万花开，一经颂出万家福。秦常娥、侯天乐、路其昌、宋刘富、刘有根、吴贵书等模范人物就是群众的引路人。

无数事实证明，人民群众是创造历史的动力，是改天换地的主力，人民群众在社会实践中的探索，是最为宝贵的经验和财富。一个真正为人民服务的乡镇书记，就会天天和群众生活在一起，就不难发现好的经验和好的典型。如果唯书，唯上，不唯实，只为个人名、权、利、位着想，他就不可能发现代表历史潮流的经验和典型，往往还会干出扼杀新生事物的蠢事来。如果只唯实，不唯书，不唯上，他就能够以敏锐的观察力发现新生事物，总结成功经验，树立学习榜样，带领群众走上幸福生活的康庄大道。他就能够不畏权势，不怕重压，坚持真理，为民请命，注重实际。忠文同志正是这样做的。他在带领人民群众改天换地的伟大实践中，真正运用唯物辩证法，掌握了领导艺术，学会了科学方法，从而实现“为官一任，造福一方”的夙愿。

五

打铁还得本身硬。其身正，不令而行；其身不正，虽令不行。忠文同志在乡镇书记的岗位上一干就是八年，主动放弃了三次升迁机会，抵制了金钱的诱惑，严于律己、宽以待人，严格要求家属、亲人和子女，以自己对党的忠诚和百姓的热爱忠于职守，克己奉公，毫不利己，专门利人。这是他担任乡镇书记八年中能够带领一班人团结奋斗，作出显著成绩，赢得群众口碑，留下爱民清廉形象的主要原因。

喊破嗓子，不如做出样子。现在的领导干部，都有文化，能说会道。不管职位高低，关键在于知行合一。官场上言行不一、表里不一的"两面人"越来越多，这绝不是一种好现象。必须按照习近平总书记"三严三实"的要求，经过艰苦努力，久久为功，彻底改变这种状况。

改革开放以来，中国发生了地覆天翻的变化，取得了举世瞩目的伟大成就，足以让全国人民自豪。但我们也应当清醒地看到，执政的共产党面临着脱离群众的最大危险。十八大以前很长的一段时间，由于治党不严，执法不严，导致"四风"（形式主义、官僚主义、享乐主义、奢靡之风）泛滥，信仰缺失，腐败高发。买官卖官，公权私化，官商勾结，潜规则无孔不入，严重侵蚀党的肌体，使执政党面临生死存亡的现实危险。十八大以来，以习近平同志为总书记的党中央，坚持"四个全面"的战略布局，从严治党，深化改革，依法治国，深得民心。推进国家治理体系的现代化，必须"两手抓"，一手抓顶层设计，一手抓基层基础。而乡镇是我国最基层的政权组织，是执政党的基础层级。基础不牢，地动山摇。筑牢基层政权，同样也是"两手抓"，一手抓深化改革，让人、财、物等向基层倾斜，规范和健全基层政权结构和职能；一手抓选人用人，建设好一支数量充足、结构合理、素质优良、作风扎实、精干高效、适应农村工作需要的乡镇干部队伍。其中我认为最重要的是选好用好乡镇党委书记和乡镇长。因为保持党同人民群众的血肉联系，落实为人民服务的宗旨，在乡镇主要领导身上体现得最直接、最具体、最生动、最明显。

梁忠文同志所写的《八年乡官风雨路》真实而生动地反映了乡镇党委书记的民生情怀和奋斗经历。他是用心而写成的真实情感，真实故事，也是真实历史。只有用心，感动自己，才能感动别人；只有真实，说服自己，才能说服别人。

我真诚地希望这本书能够出版，因为它的确有现实的教育意义。人民群众对幸福生活的向往，就是我们的奋斗目标。有成千上万像梁忠文这样的乡官，才能筑牢共和国大厦的基石，才能挺起实现全面小康和文明复兴“中国梦”的脊梁，才能重建党和人民群众的血肉联系、鱼水之情，国家才能长治久安，人民才能安居乐业。

前言

只想抛砖引玉

30 年前，我初当乡镇（原公社）书记时，就像初生牛犊，真想立竿见影，一镢就打成一眼井……在那个关键时期，因我一无经验，二无师傅指点，最想买到一本“怎样当乡官”的“活字典”。因而，凡出门子，无论到哪里去办什么事，都要挤出时间来，到当地书店去找这样的书。可是，我去过很多地方，进过不少书店，都没有找到这样的书。无奈，在漫长的日子里，只得靠自己摸着石头过河。

如今，30 年（我已退休 20 年）过去了，不知怎的，又想起了这本书。我感到，有过这种想法的人，并非我一个，全国共有 34 500 多个乡镇，有哪一位同志，初当乡镇书记时，不曾有过这种想法呢？

30 年后的今天，恐怕已有人写出了这样的书。即便如此，也不会千篇一律，一个模式。毕竟是各有各的经历，各有各的感受，各有各的做法。这样一来，就有了各取所需的选择余地。

我当了八年乡镇书记，受过许多罪，吃过许多苦，什么味道都尝过。客观地说，应该写出这么一本书，为党做一点贡献。然而，在我的脑子里总是有个“怕”字：怕写出来，别人看了骂，骂自己是“老王卖瓜——自卖自夸”，或说是“灯头照不着灯底黑”。再者，自己的写作能力差，又怕写不成个样子。

正在这时，我万万想不到，原壶关县县长刘德宝（这时，他已是山西省农业厅常务副厅长），给我寄来小诗一首：

挂帅出征八九年，论功屡占壶关先。

村村办厂农也工，包产到户胆比天。

粮丰林茂集店地，厂兴人富常平川。

改革当荣不当愧，重抖精神写续篇。

很显然，他用这首小诗，充分肯定了我在集店乡（原西庄公社）八年的成绩，这就是：大胆进行农村改革，大力发展乡镇企业，大张旗鼓地扶植“两户”发展等。我们乡连续八年在全县夺得“排头兵”。壶关有个历史习惯：每年年底，要以全县共同制定的十项指标，进行打分排队，以此表彰。而我们乡，总分打下来，连续八年，一直排在第一位。这中间，人均收入与口粮，更是突出。尤其是人均收入：在 1980 年前“老 60 元”的基础上，到 1988 年底，就上升到 979 元，八年翻了四番多。

我虽然退休了，但刘德宝同志却不想让我庸庸碌碌地活着。他要我继续发扬当年在集店乡的改革精神：不能实地战斗，就在纸上谈兵……他向我提示了写作主题，要我写出“八年的风风雨雨”。

与此同时，原县政协主席张平和亲自上门，给我送来“敢为人先的勇将”一幅字画。他恳切地说：“你是壶关农村改革家，你是壶关人民佼佼者。1980 年，全国到处还是‘大锅饭’时，你就敢先走一步，在集店乡，推倒‘大锅饭’，实行包产到户，提前解决了全乡人民的温饱问题。你给壶关树起了样板，使壶关县委抓住你这个典型，指导全县，使全县的包产到户走在了全省前列。因此，你成为晋东南地区农村改革家，你获得中共晋东南地委的特殊奖励（晋升工资一级）。”因而，张平和要我再以“敢为人先的勇将”精神，去写出“怎样当乡官”。

还有阳泉市人大主任丁贵生。他给我的信，一口气就写了七页。显然，他是带着激动的心情写的。他说，他曾当过壶关县委办副主任，跟随县委书记张维庆常跑乡下，对壶关的情况很是了解。因而，他说：“梁忠文同志，你在壶关大地上，谱写了一曲最为激动人心的改革乐章，让许多高层人物瞩目西庄，聚焦壶关。西庄公社是壶关农村改革的策源地，是壶关农民驱穷致富的试验田，是打造绿色壶关的先行区。你是真心实意尽心竭力地为群众谋利益，把人民放在至高无上的位置，赢得人民群众的真诚拥护。你应该写一本‘八年风云’的回忆。你的回忆，很可能成为一本好教材，让后人参考。”因此，他真诚地希望我写成这本书，尽快问世，与他见面。

接下来，还有《山西日报》高级记者王宪斌、长治市计生委主任张华英、长治市土地局科长马长林等十多位老上级、老领导、老同学、老朋友，也都来信或来电，鼓励我写一写这八年经历。

也还在这个期间，我的孩子梁军，送给我一份文件：中共中央办公厅印发《关于加强乡镇干部队伍建设的若干意见》（以下简称《意见》）。我经过反复认真学习后，充分认识到，中央对乡镇这一层级是非常重视的。因为中国的大头在农村，全国13亿人口，就有9亿是农民。也就是说，农业、农村和农民，是关系着改革开放和现代化建设全局的重大问题。没有农村的稳定就没有全国的稳定，没有农民的小康就没有全国人民的小康，没有农业的现代化就没有整个国民经济的现代化。而要稳住农村这个大头，就必须依靠乡镇。显然，乡镇这一层级是非常重要的。

这么一来，在诸多同志的关怀下，在中央《意见》的促使下，我就动笔了。历经一年多时间，终于脱稿。书名暂定为《八年乡官风雨路》。

从我说来，尽管写这本书吃了很大苦头，费了很大气力，但我总感到质量很低，艺术性不高，思想性不强，就像积累了一包“杂土”，即便是这样，也应该借助力量去加工。只希望捏成一块“砖”，抛出去，去引玉。于是，我便渴求我的老文友，忘年交王志明、弓少华、闫文斌、牛逢蔚等人，让他们从文章结构、语句修辞、书稿内容等方面，认真地修改，尽力消除书中的不合理之处。最后，寄至北京，呈请我心目中的好书记张维庆，进行审查、修改，并为之写“序”。

尽管这样做了，仍有很多问题不能解决，特别是书的质量，仍不能保证。因而，只能等待出版社最后把关了。

开局篇

KAIJUPIAN

张书记为啥选拔了我?

题 记

对我来说，公社（如今的乡镇）书记这个官，别说想，连梦也没有梦见过。然而，我却当上了，而且当得很容易：我没有任何背景，县委书记张维庆，就直接选拔了我。

1980 年 9 月 6 日，天气阴沉沉的，办公室里显得很暗，我时任壶关县粮食局副局长。我拿起报纸来，只能看看标题……就在这时，县委组织部干部闫邦山来了。我们原是县委办的老伙计，他一进门来，就兴致勃勃地喊："梁老弟，你这个家伙，真有福气！"

"我有什么福气？"

"你……你……你……"他"你"了一阵子，只好实话实说，"组织部李部长叫你哩！"

"李部长叫我，会有什么事？"我反问他。

他说："要提拔你当公社书记哩，请客吧！"

他这一说，我有点急了："瞎说，你这是在故意糟践人哩，天上绝不会掉下馅饼来！"

"你不信？走，不用十分钟，你就知道了！"

我心想，不信吧？他是多年的老组工干部，组织部门的人，是不会说假话的，而且是不到落实的时候，绝不说；信吧？天下哪能有这等好事？我曾在西庄大队"闯"过乱子，说是要处分我，还没给我处分哩，就要提拔我，这不简直是天方夜谭吗？

说着说着，就进了组织部李国兴部长办公室。一看，一共通知来五个人，我是最后一个进门的。

这时，李部长说：“人齐了，咱开会吧！其实也很简单，昨天在常委会上，定了五个公社书记：赵周清，到石坡公社任书记。李保书，到树掌公社任书记。……梁忠文到西庄公社任书记。”

这一说，使我成了丈二和尚，摸不着了头脑——这是梦？还是真的？我正是在西庄公社的西庄大队闯的乱子，除不给我处分，还专门提拔我到西庄公社任书记，这是为什么？难道说，天上真的会掉下馅饼来吗？你说不会吧，又是组织部长亲口宣布的……

会议散了，李部长要我迟走一会儿，要和我说句话，我当然迫不及待了，一定要他给我讲讲为什么。

可是，李部长迟疑了一阵子，只说了一句话：“提拔你，不容易，要好好工作！”显然这是话里有话。

按通常情况说，我的错误是严重的，是应该受到处分的。事情的经过是这样——

1978 年秋后，县委派我为组长，牛逢蔚（文化局副局长）为副组长，带领杨先明、吴翠凤、王双好、杨辉等 6 个人，到西庄公社西庄大队去整党。西庄，是全县有名的大村，也是出名的穷队。整党内容是“一批双打”，即批判资本主义，打击贪污盗窃，打击投机倒把。进村后，我们摸了一下底子：该村群众穷，干部也不富，群众揭不开锅，干部也一样饿肚子。几年来，社员的口粮不上 300 斤，年年要缺吃两个月。在这种情况下，大队干部常到辛村公社的土河大队去借粮，连续五年共借下人家的粮食 42 万斤。贪污盗窃查不到，投机倒把找不出，批资不知该批谁。

在这样一个大队里，我们整党工作组没了主意，不知这整党，该从何处入手，该整什么内容。大家议来议去，议出一个主意，这就是，只有把“整党”换成“整粮”，能够解决了广大社员的吃饭问题，才算是真正的“整党”。

大家之所以提出这个主意，首先是从吃派饭引起的。工作组吃了多日派饭，从没吃过一顿像样的干饭和好饭。不是瓜糊糊，便是“红稀粥”（用高粱米做的），再不就是“切疙瘩”（用米糠、玉米皮等捏成的）……在这种情况下，只有把“整党”变成“整粮”，一切从群众利益出发，才是正确的。

那么，怎样才能把粮食“整”出来呢？这个答案，还是来自吃派饭。一天中午，我到老张的家里吃饭，当我把“整党”的内容变成“整粮”的想法向老张讲出后，老张感到很是意外，他万万没有想到，我们会这样改变。因而，他深情地说：“现在是地多不打粮，人多不干活，人哄地皮，地哄肚皮。就拿我们西庄大队说，人均2亩地，打不下500斤粮，出出公粮，扣扣饲料（集体牲口料），人均口粮不上300斤，还都是一些粗秕粮，哪能活呢？别的话，我不敢说。我只敢说生产队有些大，一个队有三四十户，100多号人，这么大的一个摊子，谁能把人心拢好呢？又有谁肯去好好劳动呢？如果急于增产，就得有个增产办法，这就是，把一个队化成三至四个作业组，再把产量包到组，我想一定会增产。”

老张的话，讲得很有道理。在现阶段，只有改变生产方式，把大摊摊划成小摊摊，再把产量包下去，才能够增产。我们把老张的话，拿到广大群众中去探讨，探讨的结果，大都同意老张的看法。

可是，改变生产方式谈何容易？把生产队化成小组显然是倒退，破坏集体经济。再说，县委要求我们去整党，而我们却要去整“粮”，改变县委的部署，这本身就是目无组织的一大错误。可是，不这样干又不行，群众的困难生活触动着我们，百姓的强烈欲望等待着我们。

于是，我们工作组横下了一条心，即使犯错误、受挫折，也要按照群众的要求去落实。于是，我们一连做通三级干部（公社、大队与小队）的思想工作，终将全大队的9个生产队，划成27个作业组，实行了“联产到组、四定一奖惩”的新模式。这样做了之后，得到了广大社员的拥护。大家高兴地说：包产到组后，一定会夺得大丰收。

就在我们沾沾自喜之时，西庄大队发生了强烈“地震”，这“地震”的辐射力相当大，相当广，从邻近公社到县级机关，从厂矿学校到大街小巷，到处都在议论：西庄大队的整党，是脱轨丢纲，走在了邪路上；把生产队的土地，分到了作业组里，破坏了生产队的所有制，复辟了资本主义；这件事，坏就坏在工作组长梁忠文身上，这个人是个野心家，胆子比天大，什么事也敢干……连日来，告我状的人，来自四面八方，就连县医院的小护士，在给县委书记打针时，都要趁机告我一状，说西庄大队倒退到新中国成立初期的互助组，我的一位叫盖海蛟的老领导，为了关心我，专门跑来西庄，批评我：“忠文呀，你是不是活得不耐烦了？为什么非要干出这种事不可？”

我说：“老领导，这是群众的要求啊！我们不得不这样做！”

他说：“群众叫咋干，你就咋干，不就成了尾巴主义了吗？”

还有几位老同学，也找来说：“城里的风声很不好，恐怕你要吃亏……”

是的，县上确实有人想抓我这个坏典型。他们认为，西庄发生的事情太可怕了，这是明目张胆地破坏集体经济，必须立即纠正，立即撤回工作组，让梁忠文作检查。

然而，就在这春暖花开季节，就在这希望的田野上，就在这千亩大平川里，作业组的禾苗，正茁壮地生长时，县委组织部来了通知，要工作组立即撤离西庄。

当我们要走的消息传到广大群众中时，如同冷雨浇顶，社员们大都戴上了愁帽——工作组一走，恐怕咱们这作业组就完了！

我们走的那天，大队用拖拉机送行。我们六个人上了车，谁也想不到，自愿送行的社员，越来越多，有 300 多人。虽然都是举起胳膊来，向我们招手，希望我们以后再来。但却都显得很不情愿，甚至有的人还含着眼泪。

我们回县不久，西庄果然出了问题：县上派人把作业组拆散，又并回到生产队。说这件事地委在追查，县委要处分我。

但是，我问心无愧，我的心，是操在老百姓身上的。我干的是好事，而不是坏事。我并不认为我有错。然而，也没人让我写检查，也没人上门过问我，只是我个人在等待着处分……

等到如今，不仅不给处分，反而让我去当西庄公社书记。尤其是，老的县委书记调走了，新来的县委书记张维庆上任还不到一个月，还未见过我的面，对我还不了解，就提拔了我，这是为什么？

事后才知道正是因为我搞过作业组，受到过打击，才引起了张维庆书记的高度重视。张书记在摸清我的情况后，在上常委之前，就让组织部长李国兴把我排在所研究对象的最后。

这次会议，共研究了五个公社书记。前四个，只用了半个小时，就通过了；而我，用了一个半小时。当组织部长李国兴把我的情况介绍后，就像戳了马蜂窝，大家七嘴八舌地吵起来，这个说，这是个野心家；那个道，这个是闯祸精，用了这样的人，只会给咱们帮倒忙，扣黑锅，起不到什么好作用……说来说去，无非是讲了这样三条：一是，张维庆书记才来，还不到一个月，应该对梁忠文熟悉一下，再考虑。二是，在西庄大队搞整党，不该破坏集体经济，将生产队分成作业组。出这种风头的人，自然是野心家。三是，用上这样的人，很危险，一弄不好，就会闯乱子。

新来的县委书记张维庆，是个朴素大方的领导。他总是以诚待人，以情感人，以理服人。在开会或研究什么事情时，他总是让人把话讲完，自己才讲。因而，张书记等大家把话讲完后，才心平气和地说："大家讲的这些情况，我都知道，究竟这个人是不是个好人，能不能用？总得把情况讲清楚，才能下结论。我们既不能用上坏人，也不能失去好人。"

他说："我是8月上旬来的，到今日止，还不够一个月。对于壶关的情况，可以说是生得很，说错了，请大家原谅！

“我要说的第一个问题，是关于认识梁忠文的问题。按说，对一个干部的使用，应该是熟悉以后再提拔为妥。可是，我认为，任何一个人的认识范围都是有限的。壶关有上千名干部，大都分布在各机关与乡下，茫茫一大片，让我个个都认识，人人都了解，恐怕给我三年时间也办不到。问题是，我们党的干部政策，历来是任人唯贤，而不是任人唯亲。任人唯贤与任人唯亲的根本区别，就在于以什么标准来判定贤，是以客观实际，还是以主观思想？任人唯亲者，总是以个人‘认为’作依据，来认定你贤不贤。这就否定了贤的客观存在，把思想感情当作了贤的标准：说你贤你就贤，不贤也贤；说你不贤就不贤，贤也不贤。而党的‘任人唯贤’标准，历来是看能否坚决地执行党的路线，服从党的纪律，和群众有密切的联系，有独立的工作能力，积极肯干，不谋私等。因此说，在选拔干部时，自己认得不认得，无关紧要。众人是圣人，应靠大家认。是金子，就会发光；是人才，就会发现。无论是谁，只要是金子，就应拣起来。

“我要说的第二个问题，是关于野心的问题。我想先讲一个小故事：法国一位叫巴拉昂的年轻人很穷，很苦。后来，他以推销装饰肖像画起家，在不到10年的时间里，迅速跃身于法国50个大富翁之列，成为一位年轻的媒体大亨。不幸，他因患上前列腺癌去世。他去世后，法国的一家报纸刊登了他的一份遗嘱。在这份遗嘱里，他说：‘我曾经是一位穷人，在以一个富人的身份跨入天堂的门槛之前，我把自己成为富人的秘诀留下。谁若能通过回答穷人最缺少的是什么，而猜中我成为富人的秘诀，他将能得到我的祝贺。我留在银行私人保险箱内的100万法郎，将作为睿智地揭开贫穷之谜的人的奖金。那也是我在天堂给予他的欢呼与掌声。

“遗嘱刊出之后，有48 561人寄来了自己的答案。这些答案五花八门，应有尽有。绝大部分人认为，穷人最缺少的当然是金钱，有了钱，就不会再是穷人了；另有一部分人认为，穷人之所以穷，最缺少的是机会，穷人之穷是穷在背时上面；又有一部分人认为，穷人最缺少的是技能，一无所长所以才穷，有一技之长才能迅速致富；还有的人说，穷人最缺少的是帮助和关爱，等等。

“在这位富翁逝世周年纪念日，他的律师和代理人在公证部门的监督下，打开了银行内的私人保险箱，公开了他致富的秘诀。他认为：穷人最缺少的是成为富人的野心。在所有答案中，有一位叫蒂勒的年仅 9 岁的女孩猜对了。为什么只有这位 9 岁的女孩想到穷人最缺少的是野心？在接受 100 万法郎的颁奖之日，她说：‘每次，我姐姐把她 11 岁的男朋友带回家时，总是警告我说不要有野心！不要有野心！于是我想，也许野心可以让人得到自己想得到的东西。

“谜底揭开之后，震动法国，波及英美，一些新贵、富翁在就此话题谈论时，均毫不掩饰地承认：野心是永恒的‘治穷’特效药；是一切奇迹的催化剂；是所有奇迹的萌发点；穷人之所以穷，大多是因为他们有一个无可救药的弱点，就是缺乏致富的野心。

“这说明，有野心是对的。大家说梁忠文有野心，他确实是有野心。但是，应当正确地评价一个人，用事实去说话。也就是说，他的野心与巴拉昂的野心还不同。巴拉昂是为自己富而产生的野心，而梁忠文却是为大家富产生的野心。尤其正在整党中，他就敢扭转整党方向，把 9 个生产队破成 27 个作业组，把产量包干到组，得到了广大群众的赞同。这正是他的‘野心’结的果，这正是他的‘闪光点’。我正是看中了这一点。试想，如果没有野心，没有胆量，谁能干出这样的事来？实践是检验真理的唯一标准。应当肯定，梁忠文同志的做法是对的，是赶形势的。

“为什么这样讲呢？大家都知道，党的十一届三中全会是 1978 年 12 月召开的，至今一年零八个月了，对邓小平同志关于‘解放思想，实事求是，团结一致向前看’的重要讲话，还没有一点动静，还没有一点反映；我们的工作仍是四平八稳、死水一潭，群众的温饱问题仍不能得到解决。

“假如人家的‘作业组’中途不被人破坏，能坚持到秋后，肯定增产！

《人民日报》曾经介绍过四川省广汉县金渔公社的经验，人家就是这样做的，其增产幅度在40%以上，事实已经证明了这一点。可是，有人破坏了人家的‘作业组’，还要给人家定个破坏集体经济的‘罪名’，这也太无道理了。邓小平同志对这一问题，有个说法：干和不干一个样，甚至干得好的反而受到打击，什么事不干的、四平八稳的，却成了‘不倒翁’。因而，我们总不能一直选拔那些四平八稳的人、胆小怕事的人、庸庸碌碌的人。总得选拔有点野心，有点压力，敢于打破旧框框，敢于开创新路子的人才好。

“接下来，我再说第三个问题，关于梁忠文同志闯下乱子怎么办。我说，这就太好办了，只要他做下违反党纪国法的事，损害群众利益的事，该怎么处理就怎么处理。

张书记这么一说，大家都不再争辩了，都同意了对我的提拔。张书记还专门把我安排在西庄公社，让我哪里跌倒哪里爬起。

我听到这些情况后，万万没有想到，我闯的“乱子”竟成了好事，张书记竟把它看成了“闪光点”。

这时，不少人说：“张书记在用干部上，并非对你是这样，对谁也一样。他绝对是任人唯贤，风清气正。他不管你是谁，也不管认不认得你，更不管你在上层有什么关系，只要你德才兼备，一心为民，工作有方，群众公认，他就会积极地选拔你，使用你。他所提拔的一大批干部中，大都不认得，见了面，还得自我介绍，才能够对上号。有些干部，就像你，做梦也没想到，自己会成为公社书记。”张书记的做法，一时间在壶关传为佳话。

担当篇

DANDANGPIAN

1. 打破“大锅饭”，实行包产到户

2. 改变种植计划，发挥各自优势

3. 因地制宜，一把黄土打天下

4. 体察下情，为村办企业解困

5. 为民做主，帮农民追欠款

1. 打破“大锅饭”，实行包产到户

题 记

实践证明：20 多年的“大锅饭”，可以说，越吃越穷，越吃越苦。已经严重地影响到广大农民的生存。而解决这一问题的最有效途径，就是包产到户。因而，我们勇敢地打破“大锅饭”，实行了包产到户。

按照县委组织部的要求，1980 年 9 月 7 日上午，我就按时报到了。我想先召开一个大队支书会，与大家见见面，认识认识。然而，没等我召开会，一些支书就陆陆续续上门了。

他们的到来，并不是来认识我，来谈工作，而是来向我讲困难，倒苦水，想辞职。全公社 14 个大队，就有 7 个大队支书提出辞职。说这工作实在不能干了，别的不说，只说吃饭问题，就解决不了。地薄不打粮，年年老产量。打来的粮食，缴了公粮，分不够口粮，分够口粮，又缺了牲口饲料。由于缺粮，无形中就被逼出两条出路：第一条是外迁。不少人提出要搬迁，他们的去向是沁县、沁源、武乡一带，说是那里地广人稀，有地种。眼下，全公社准备外迁户达 150 多户，600 多口人，已经有 80 多人不知迁往何处。第二条是借粮。几年来，全公社外借粮食 240 多万斤，涉及 2 省、5 县、48 个大队。

不接触实际不知道，一接触实际心就躁。我毕竟是初当书记，必然有个适应阶段。自己能够解决的，就自己解决，实在解决不了的，就向领导请示。于是，我便跑到县里，去见张书记。

张书记还未见过我，我自我介绍后，他笑了："你就是梁忠文？好！算我见着你了，有事吗？"这时，没等我开口，就有人找他，说招待所来了客人，要他去接见；他还没动步，又叫他到值班室接电话；他出门不久，又来了两个农民，愁眉苦脸地坐在沙发上……这哪里还有我说话的余地？无奈，我只好回去。

这天夜里，月亮很明，秋天的晚上，显得格外凉爽。我吃过晚饭，正在公社院里散步，突然进来一辆吉普车，心想：这是什么人？黑夜来干什么？莫非出了什么大事？当我走近一看：啊！是张书记！于是便问："张书记，你怎么这个时候来了？"

"还不是为了你吗？"张书记笑着说，"上午，你来找我，一定有要事。可是，因为我太忙，白天顾不上，只好黑夜来。再说，从你来到这里，我还未来过，总得与你好好聊聊。今夜，我就不走了。"他说着，就打发司机开空车回县城了。

张书记的这种举动，这种心情，使我深受感动。我是下属，他是上级，他的工作很忙，我是不应该给他添麻烦的。可是，没想到，他竟是这样的一个人，他竟是这样善体下情。白天忙不过来，就利用黑夜，哪怕住下来，也要及时回答我的问题。他如此关心我、爱护我，我的心怎能平静呢？因而，我动情地向他汇报了我的工作与想法。

张书记静心听取后，思考了一阵，才说："忠文同志，你说得很好、很对，你的话，句句触动着我的心，因为我和你，可以说是同病相怜。"

"我是陕西省人，跨省来到山西，又来到你们壶关县，离家足有千里远。再说，你们壶关县是革命老区，也是个有名的贫困县。真可谓'千里做官，人地两生，不毛之地，民不聊生'。我来到这里，和你一样，首先遇到的第一个大问题，就是吃饭问题。全县 80% 的大队都缺粮，少则缺一月，多则缺百天。缺粮总额已达到 1 500 多万斤。你是站在西庄公社的立场上讲吃饭，我是站在全县的角度上讲缺粮。本质上，咱们讲的是同一个问题，背的是同一个包袱，害的是同一种心病……”

他说：“你的汇报，你的想法，实际上是在为我分忧，为我解愁。但是，我知道，为我分忧解愁的人，并非你一个，可以说，全县的20个公社书记，都在这样想。那么，我们公社的问题，应该怎样解决呢？

“看问题，应当把眼光放开、放远，不能只看眼前，不看以后；只看一点，不及其余。应当全面地、历史地、长远地去看。这也和下棋一样，走一步，就应该看出两步三步或几步；走一步，看一步，往往容易陷于被动。当前的问题，当然是吃饭问题；吃饭问题解决了，就是花钱问题；花钱问题解决了，就该考虑修房盖屋问题。老百姓长期以来住着那些破破烂烂的房子，也应该变变了。”

就这样，张书记开诚布公地与我畅谈了一夜。

与张书记的一夜畅谈，使我的认识提高了很多，也明白了很多道理。特别是在十一届三中全会之后的今天，要想解决工作中存在的问题，就必须解放思想，开动脑筋，实事求是，一切从实际出发。

遵照张书记的意见，我便放下架子，迈开双脚，走进农家去调研。尤其是，我还有个“幻想”：当年在西庄大队搞包产到组，虽然中途“流产”了，但张书记却肯定了我的做法。况且，西庄大队还有这个需求。如今，这本经还能不能再念？怎样去念？这都得在群众中找答案。

我走访的第一个，就是常平大队支书宋刘富。这是个年轻有为的人，农村工作经验很丰富，是全县有名的好支书。这天，他见我这个新来的书记独自一人登门，自然很乐意。但他立刻就意识到：我的到来不寻常，定有什么要事。于是，就把老婆、孩子支出去了。

当我提出如何解决群众的吃饭问题时冷场了，他两眼望着我迟疑了好一阵，才说：“不行……不行……梁书记，我想不出个好办法来。”

他的脸一阵青，一阵红，他反复无常的神态，使我明白了：这里边，必然有个“怕”字在作怪——能怕什么呢？即便是很怕，我也得听一听。

于是，我又耐心地对他做了一番思想工作，刘富才开了腔：“说就说，说错了，请你原谅！那年你在西庄大队搞包产到组，虽说中途‘流产’了，但要真正坚持下来，也一定会增产。不过，要真正做到高产、稳产、连年增产，恐怕这作业组就不行了，因为这作业组，毕竟还是在生产队的管辖之下，这叫作‘大锅饭’分出来的中锅饭。应该说，这也叫改革，但不是一种彻底改革。要改，就得彻底改。不过，这话，只能你我知道，必须保密。事不成，也不能受到影响，特别是你。”

他所讲的彻底改革，就是“包产到户”，一竿子插到底。他之所以这样讲，是因为他已有这方面的实践：他曾偷偷地把三队与六队的一些边远山坡包到户下，亩产量就由250斤增到450斤以上，增幅在80%。而大片的平川地，也不过400斤。他说：“梁书记，如果你有胆量，敢把土地包到户下，我敢说，吃饭问题肯定解决。不过，咱只能嘴上说说，却不敢实际去做，这种做法太危险了！弄不好，轻者开除，重者坐牢！”

“啊呀！刘富同志，你怎么就这样怕呢？我告诉你：县委张书记与我畅谈了一夜，讲了很多问题。特别是讲到党的十一届三中全会这个问题，他充分讲解了邓小平同志在这次会议上的讲话。他说，邓小平同志重点讲了一个问题，就是解放思想，开动脑筋，实事求是，一切从实际出发。如今，为解决吃饭问题，你提出包产到户，不正是按照邓小平同志的讲话去办的吗？”

刘富说：“邓小平同志的讲话，倒不能说不好，但也不能大意，首先得认清包产到户是什么性质，属于哪条路线。说白了，就是分田到户，实行单干，一家伙就倒退到新中国成立前……在现阶段，谁敢这样干？”接着，宋刘富就讲出两条理由：“第一条，农村经济的发展，是一步一步走过来的。新中国成立初期是互助组，到后来是初级社、高级社以至人民公社化。经过30年的努力才走到今天，如果搞了包产到户，不就是把集体经济推翻了吗？第二条，尽管邓小平同志讲得很宽泛，可是省里没命令，地委没文件，报刊上又没有发现过这方面的消息，自然县委也不敢公开表这个态。也就是说，解放思想，也得有个范围，有个框框，有个尺度，不能出了格。”

我说：“那么，我搞的作业组，不也是出格的事吗？为什么张书记却认可了呢？”刘富说：“作业组我已经说过了，它仍属于集体经济的范畴，而包产到户就不一样了，它的性质就完全变了，张书记敢认可作业组，而敢不敢认可‘包产到户’，这恐怕就得打个问号了！”这时，他十分谨慎地说：“梁书记，你好好想想，我说得对不对。可以说，搞‘包产到户’太可怕了！说实在的，我是个光脚人，还怕穿鞋的？我怕的不是我，而是你。听上我一句话，一步走错路，你就完了。你是国家干部，我能眼睁睁地看着你栽跟头吗？”

宋刘富的话，应该说很有道理，很有深度，也很够关心我的了。但是，我总觉着，“包产到户”是对的，是符合十一届三中全会精神的。思来想去，即便不符合，即便会出格，也应该摸清这个底子，得出一个结论。这就是，宋刘富包产到户的意见，究竟是对是不对？代表的是少数，还是多数？我总得心中有数。只有做一番深入细致的调查，让老百姓掏出心里话，才能证实这一问题。于是，我就来了个队队吃派饭，户下去坐谈。全公社14个大队，仅用了一个多月时间，就走访了11个大队，吃了50多家派饭。我把心掏给了老百姓，老百姓自然也把心掏给了我。这样一来，这底子摸了个一清二楚：绝大多数社员，都赞成包产到户。他们推心置腹地说，这大锅饭实在不能再吃了，吃得人懒不出力，吃得地薄不打粮，吃得卖不出公余粮。事实证明，宋刘富的观点是正确的，包产到户，已成为广大群众的迫切要求。

那么，我该怎么办呢？是后退，还是前进？是保官，还是保民？就在这个十字路口，我想起了我的入党介绍人周海清（县农业局长）。这个人，既是个热心人，又是个政治嗅觉十分灵敏的人，看问题的观点很精准。于是，我便去找他。

当我把一切情况讲清后，他说：“你的想法和做法，都是符合三中全会精神的。只要是广大群众的心里话，只要是广大社员的强烈要求，就说明是对的，你就应该去做，也一定不会错。尤其是现在，中央就开着个口子，让我们解放思想，实事求是，从实际出发。而包产到户，不正是从实际出发吗？即便是中央一时不能肯定，但终究还是会肯定的。无论什么事，都要有个过程，在这个过程中，弄不巧，就会受挫折，栽跟头，甚至丢官或坐牢。但是，只要自己认准是对的，是符合广大群众利益的，真理就在自己手里……到后来，终究会有一个好的结果。”

那么，我该怎样入手呢？

周海清冷静地说：“这件事，要想办成，必须闯过三道关：第一道关，是大小队干部。他们掌握着实权，他们的思想做不通，工作就无法开展。第二道关，是公社党委。党委一班人的思想，如果不能统一起来，工作的难度就更大了。特别是第三道关，是县委。县委不让你干，说什么你也干不成。”

周海清的话，讲得很周到，必须努力闯三关。那么，这三关该怎样闯呢？先从哪里入手呢？想来想去，还是得先从公社党委开始。因为公社党委，处于县委与大队之间，起着承上启下的作用。只要一班人团结好，既可做县委工作，还能够疏通大小队干部。

面对这一问题，我深知主观不行，强迫不行，独断专行更不行。用什么办法，才能做通一班人的工作呢？还是得依靠老百姓。因为我就是从老百姓中接受教育，认识到包产到户的，他们也需要这样做。

于是，我召开党委会，要求所有党委成员及管委副主任等，都要拿出半个月的时间，到自己所包大队，摆脱固定户（多年来，各大队都形成一种坏习惯：凡下乡干部，都吃住在干净卫生、较富裕的固定户中，每天每人还补粮一斤。如同走进一个“包围圈”，真实情况难了解），轮流吃派饭，深入做调查。这样一来，使党委成员们亲眼看到社员们缺衣少食的困难生活，使大家真正认识到包产到户的重要性。正如他们所说：走出固定户，进入贫困家，成了两个天下，不访不看不知道，一访一看心就跳。万万没有想到，包产到户的欲望，早已埋在广大群众的心底。因而，党委一班人的思想，很快就统一了。

党委这一关过后，接着就是第二关：做大小队干部工作，这是重中之重。这一关闯不好，将一事无成。但因我们的措施很得力，一连召开了党员、干部与群众三个不同类型的会议，就起到了决定性的作用。特别是群众会，我们的要领是十六个字：发动群众，上下夹攻，两热一冷，定能相融。方法是：召开社员大会，公开包产到户，让大小队干部亮观点，让社员代表做评判，最后是党委成员各自表态。这样一来，使 14 个大队包产到户的思想很快就统一了。

这两关都好闯，最难闯的是第三关，也就是县委这一关。我们包产到户的消息传出不久，县委常委、宣传部长王天福就来了。他一见我就说："忠文，有人告了你的状，说你要搞包产到户，是不是事实？"

我说："是事实！"

"你也太胆大了，谁让你这样干的？"

"我让我这样干的，你说不行吗？"

"当然不行了！"他是从关心我的角度，自行来的。因而，他十分认真地说："这样干，会带来两个害处：一是你本人要吃亏；二是会给县委抹黑，造成不良影响。"

王部长之所以主动上门来指点我，是因为当年他当团县委书记时，我曾在他身边工作过。

从王部长的话语中我意识到，对于我搞包产到户这件事，多数领导是反对的。只是县委书记张维庆的态度不明显。因而，使我们感到：家有千口，主事一人。只要能够得到张书记的支持，我们就算闯过了这一关。这时，有人建议给张书记写个请示，让张书记批复。大家一致认为，这一建议提得好，要我亲自动笔。

这日，天上飞舞着雪花，还刮着阵阵北风。我正在写请示，意想不到的是，我的一位老同学韩兴贵（长治县荫城镇人）来了，他给了我一个意外惊喜。因为我们快十年了未见面，如今一见，那真是要乐死人哩！于是，我边给他拍打着身上的雪花，边问：“韩老兄，是什么风把你吹来了？”

韩老兄见景生情：“风雨送春归，飞雪迎春到，我就是专来为你迎春的……”

我们寒暄了几句，就言归正传，他问我：“你是不是在搞包产到户？”

我说：“是啊！你怎知道的？”

他是个胆小怕事的人，一听说我真的要搞包产到户，头上就冒出了冷汗：“梁老弟，你真够胆大呀！”他告诉我，有一天，他出街买喝猪汤（荫城特产），碰上一个壶关人，问起我的情况时，那人说：“你问的就是那个梁忠文吧？哈！那人的胆量，可真够大啦！……现在是西庄公社书记，听人说，人家要推倒大队，搞‘包产到户’哩！”

他听到这一情况后，立刻就忆起 1958 年，去浙江探亲之事。

他有个朋友，在浙江温州地区永嘉县工作。1956 年春天，因参与搞包产到户，曾受到过严重处分。想起这件事，怪可怕的，他觉得必须立即转告我，要我千万记住这一血的教训。他来之前，还翻箱倒柜地找出那年从永嘉县带回来的那张《浙南大众报》（温州地委机关报）。说到这里，他就将那张变了色的报纸，从身上掏出来给了我。

我细细一看，才知道这件事是由永嘉县委副书记李云河同农工部干事戴洁天引起的。他们俩到燎原乡搞调研时，发现这里的农民对“包产到户”的要求很强烈，就引起了李云河的高度重视。此刻，曾经在上海读过大学的戴洁天，又向李云河推荐了一本苏联出版的刊物，上面介绍了 40 年代的几个集体农庄，曾对庄员试行过以固定地段计件制的特殊形式，即联产计酬。苏联也曾这样搞过，我们何尝不行？因而，更加促进了李云河搞包产到户的积极性。他们在燎原乡经过试点，非常成功，不仅在本县展开推广，还影响到邻近的几个县。这一来，闯下了大祸，说这是反革命行为，是破坏合作化，必须打倒“包产到户”。当时，正处于反右斗争时期，凡参与包产到户的人，都被卷入反右运动中。这样一来，使一大批人都受了害……

这时，韩老兄见我看过报纸后，才语重心长地说：“你看清了吧？我跑百里远来找你，为的是什么？不就是为了你吗？永嘉县发生的事情太可怕了，那时，只不过是为巩固合作化，就采取了这样的办法。如今呢？全国合作化将近30年了，集体经济已经巩固了。在这种情况下，谁敢破坏？你敢吗？这不简直是鸡蛋碰碌子，一碰就完了吗？如果你不听话，偏要去干，你的下场就与戴洁天一样……”显而易见，他是不愿让我搞包产到户。

我思谋了好一阵子，说：“老兄，你的心尽到了，你的情我领了，但是我已经是骑虎难下，只好在山西当个‘戴洁天’了……”我把详情向他讲清后，他满含担忧地说：“老弟呀！也许天空会出异彩，老天爷保佑你！”同时，他严肃地对我说：“我要提醒你一句，千万不要给县委添乱子。尤其是你们县的县委书记，听说人家才三十几岁，又是北大高才生，绝不能让人家跟上你栽跟头，成了永嘉县的李桂茂……你要好汉做事好汉当！”

糊涂人，就怕指点。韩老兄的建议，太重要了、太及时了。张书记本来就是担着风险，像硬地拔葱一样，硬把我拔起来的。如今，我要闯乱子，还要把张书记拉进去，像永嘉县的李桂茂一样去栽跟头，我的良心哪里去了？我还怎么有脸见张书记？我在壶关还怎么当人哩？想到这里，我便将写成的请示撕碎。我要一人做事一人顶，背着张书记搞包产到户……

可是，这简直是天方夜谭——这包产到户，又不是只搞一两个大队，还可以设法掩盖住。而是全公社14个大队都要搞，要涉及3 700多户，14 000多口人，有谁能捂住这么多的嘴巴呢？再者，张维庆同志，年仅36岁，是个很年轻的书记，天天在乡下跑，又是我们公社的常来客，哪能够避开他呢？于是，我们党委一班人都发了愁。

然而，这天下就有这样的巧事。就在这时，听人说，张书记到太原开会了，要待半个月才能回来。给了我们一个偷干的机会。在这10天里，我们必须全部完成包产到户的任务。

10天时间，非常珍贵，一分钟也不敢浪费。前两天，是大张旗鼓地进行思想发动与准备，连续召开了三个会议：全公社干部会、全公社党员会及大小队干部会。要求各大队在五天之内，必须澄清人口、土地及亩产量等，按人口分地。

在这两天开过这三个会议之后，就引发出一场巨大的风波，不仅刮进县城，刮进各机关单位，还刮到了全县各地，到处都在议论：说西庄公社真胆大，竟敢在光天化日之下摧毁集体经济，分田到户；说县委实在是把关不严，不该提拔梁忠文为书记……此时，有不少人直书县委，要求赶快下令制止，万万不可忽视。尤其张书记不在，在家常委负不起这个责任，绝不能让西庄公社闯下这个乱子。

进入第三天，各大队刚刚开始丈量土地，县委就派来两个人，说："你们干得太出格了，在家常委说了急话，要求你们立刻停止。如不停止，等张书记回来，就要重处你们。眼下，地还没有包下去，还来得及纠正。一旦包下去，就覆水难收了。"

我说："会，已经开了，话，已经讲了，广大社员都知道了，我哪里还能反悔呢？"这两个人的到来，使包产到户不但没有停止，反而加快了步伐。

进入第四天，县委派来了冯发富同志，他是县革命委员会副主任（相当于副县长）。他也是我的老领导：他在翠谷乡当书记时，我是乡团委书记。因而，他本着实事求是的态度，来说服我："当初，你在西庄搞包产到组就是错误的，如今你又在这里搞包产到户，就是错上加错！这样干下去，十分危险……"他见我没有明朗态度，心里就很有气，临走时，警告我："我看你要吃大亏哩！弄不好，就会坐班房！"

我以为，经过这两次的“顶”，县委就不会再派人来了。想不到，进入第五天，竟发生了一件怪事。这天一大早，我爱人张书英就领着两个孩子来了。一见面，她就气愤地说：“你干的好事呀！你吃了豹子胆啦？我也不和你生气，咱离婚吧！我把这两个孩子交给你……”她说着，就把小女儿兰芳、小儿子梁军，一齐推到我身边，两个孩子“哇”的一声都哭了。他们分别抱住我的两腿说：“爸爸，妈妈不叫你干坏事，你得听妈妈的！我们不能没有爸爸！”孩子们这么一哭闹，惊来了不少人，大都是公社干部，我爱人觉得没意思，赌着气，拉起孩子就走了。

我以为，爱人闹了这么一场，也就过去了。想不到，在次日上午，80岁高龄的老娘，却从老家打来电话，说病重，要我立即回去。半月前，我去看老娘，还是好好的，为什么这病就来得这么急？我猜想，定是我爱人把我的事情告诉了我老娘。老家离此将近80里，因交通不便，只得骑自行车回去。于是，我放下电话就动身，搭了个大黑，才回到家。老娘见我摸着大黑，冒着满头大汗回来了，哪能不心疼呢？经老娘一说，果真是爱人说我不听党的话，搞包产到户，要犯大错误哩。当我把包产到户的详情讲给老娘后，老娘却说：“孩子，你做得很对，咱是穷人出身，在旧社会吃尽了苦头，要不是共产党、毛主席来得快，连你的命都保不住。今天，你当了老百姓的书记，你不救老百姓，谁救老百姓？”老娘不但不反对我，反而鼓励了我，使我浑身充满了力量！我从未想过，还有家庭这一关。不过所幸的是，我又闯过来了。

尽管还有一大关就是张书记，但是，他还在太原开会。可以说，眼下不会再有什么干扰了。我们必须抓紧，抓紧，再抓紧。这样，到第七天的下午，就全部完成了包产到户任务！

2. 改变种植计划，发挥各自优势

题记

实行包产到户后，就不能再按“计划经济”的“种植计划”去种植。必须解放思想，继续改革，让广大农民自由种植，充分发挥各自的优势，做到增产更增收。

1981年初春的一个上午，回龙庄大队支书侯东喜打来电话说，有个大问题无法解决，让我去一趟。于是，我赶紧骑车前往，三里地，不用10分钟就到了。

我刚迈进大队院，就听见办公室里乱糟糟的，听不清说什么。偶尔冒出一句“怎么，难道说梁书记就不讲理吗？”“有理走遍天下，无理寸步难行！”

我一进办公室，人就乱了：“好了，好了，梁书记来了，就好办了……”

这时，东喜给我让开座位，站起来说：“大家有什么，向梁书记说说吧，我真是答复不了大家。”

有个社员提高了嗓门：“说就说，咱又不是干了偷鸡摸狗的事啦，咋不敢说。”

这时，我坐在椅子上先安顿现场：“大家不要乱了，一个接一个说，先由支书说。”

经东喜一说，才知事情原来是这样：“大锅饭”时期，国家的种植计划很好安排，只要向三个生产队队长一说，就落实了。如今，虽然实行了包产到户，但也得按照生产队时期的比例进行安排。通常为 4 ∶ 3 ∶ 3，40% 的地种玉米，30% 的地种谷子，30% 的地种小麦。

按照这个比例，昨天夜里，用高音喇叭向全大队的社员公布后，就引起了一些人的反对。今天上午一上班，就有十多人来找，他们说，实行包产到户后，就得由大家自由种植，想种甚种甚，不应该再按过去的计划来。

这时，都张了嘴，又乱了场，我听不清说的是什么，就提出选一个代表说。这样，就推出了侯天乐。侯天乐说："举出我家的情况，就能把问题说清。我家包了 10 亩地，就想全部种玉米。为什么？因为玉米是高产作物，一亩地最少以产千斤算，10 亩地就是一万斤。一斤按八分钱算，一万斤就是 800 元。相反，10 亩地，如果按照 4 ∶ 3 ∶ 3 去种值，就会大大减收。即：4 亩玉米的产值是（0.08 元 ×1 000 斤 ×4 亩）320 元，3 亩谷子的产值是（0.12 元 ×400 斤 ×3 亩）144 元，3 亩小麦（0.15 元 ×200 斤 ×3 亩）90 元，三项相加是 554 元，与 800 元相比，将减收 246 元。也就是说，自由种植的超产值，要占到计划种植产值的 44%。同时，种植玉米 10 亩，只须投工 100 个；而要按 4 ∶ 3 ∶ 3 种植，就须投工 175 个，相比之下，又可省工 75 个。如按一工 1 元计，又是 75 元。"

灯不明，只怕一拨。侯天乐这么一说，使我马上就认识到：这个问题不是个小问题，而是个大问题。这说明，土地包产到户后，广大群众的思想，仍在不断解放，仍在不断创新。而我们的基层干部，还是按部就班地执行过去的做法，还是落实旧有的种植计划……这怎么能行呢？这说明，我们的思想还不够解放，还落后于现实。这说明，积极推进农业种植结构调整，让农民选准着力点和突破口，至关重要。农民之所以想大种高产作物玉米，正是农民所求，机遇所在。

这时，我便问东喜："你说说，他们的想法，对不对？是坏事，还是好事？"

东喜有点想不通地说："这不是头上虱子明摆着吗？自古以来，就是五谷杂粮都要吃，哪有单吃一种玉米的？”

东喜这么一说，惹得大家都笑了，这个说，我们首先求的是增产更增收的问题，而不是光说吃饭问题；那个道，也要说吃饭问题，全国大了，气候不一样，土质不一样，条件不一样，不可能都去种玉米。有种水稻的，有种小麦的……互相一交流，不就什么也有了吗？再说，这几年一到秋后，河南家就拉着大米、白面来换咱们的玉米了，谁人不知，谁人不晓？难道说，东喜你就没有换过人家河南的大米吗？这一说，大家又都笑了。

就这一笑，就把东喜笑醒了，他只好列着嘴，向大家傻笑。

这时，我笑着说：“我和东喜一样，都有点糊涂，我们就像《西游记》里的老唐僧，把大家当成了孙悟空，只知给大家戴‘紧箍咒’帽，不知给大家摘掉……从今天起，这顶帽子就算给大家摘掉了。希望大家要大胆想，大胆种，想种什么种什么，既增产更增收。”于是，大家不由地拍起手来。这说明，我们的话，说在了大家的心坎上。

回龙庄的问题，既提醒了我们，也教育了我们，使我们清楚认识到，应当给全公社的广大社员，都摘掉这顶‘紧箍咒’，让大家放开手，大胆地去选择品种种植。

于是，我们便召开了一个大小队干部会。会上，我先把回龙庄大队的问题讲了，接着，就向大家算了一笔全公社的大账：全公社有耕地 2 万亩，如若全部种成玉米，产到 2000 万斤，产值就是 160 万元。相反，仍按过去的 4 ∶ 3 ∶ 3 种植计划去种植，其产值也不过 111 万元，与 160 万元相比，将要减收 49 万元。

这么一来，立刻就得到大多数人的赞同。王章大队支书马安松说：“这个会议开得真好，我正为如何种植这个问题发愁哩，因为王章的群众也同样提出了调整种植计划的问题。如今，把这个‘紧箍咒’摘掉了，就都痛快了。”

东关壁大队支书杨立生说：“倒不一定都种玉米。可以广开眼界，五花八门地种。只要是产量高，效益好，就可以推广。比方种高粱，浑身都是宝：一是产量高，是酿酒的好原料；二是杆子高，可以打席子，储粮食；三是高粱头可以伐笤帚。”

然而，李掌大队支书郭松福却提出反对意见，他说：“自由种植好倒好，就是对国家的征购任务无法完成。中国的 10 多亿人口中，就有 4 亿吃着供应粮，你总不能光让人家吃玉米，不吃谷子与小麦吧？”

这一意见一提出，就引起了大家的共鸣：我们首先得考虑到国家，不能为了老百姓的利益，就忘了国家……

应当说，这是个大问题，大家爱国的思想还是很强的。如何解决这一问题呢？这时，我想到了粮食局，只要粮食局答应了，这个问题也就解决了。于是，我便当着大家的面，给粮食局局长王全孝通电话。王全孝说：“全县，除过你们公社实行了包产到户外，还都是大锅饭，多年来，一直完不成征购任务，粮食缺得很。无论什么粮食，只要能完成或超额完成征购任务，就是好样的。再说，国家老早就是全国调剂。咱们的玉米，多半都调到南方去了……”大家亲耳听到了王全孝局长的讲话，就都放心了，这个问题，就算解决了。

然而，万万想不到，还是有麻烦事出现了。那就是，在某一天夜里，县上召开电话会，某一个县委领导，在讲春耕生产时，其中讲到种植计划时，就点事不点名地批评了我们：有一个公社真胆大，打破了种植计划，让老百姓想种啥种啥！我看，到秋后，他们要如何完成征购任务呢！几天后，又有人告诉我，说县里另一个领导说：梁忠文太自大，改变了种植计划，都不给县上打招呼。

群众的利益高于一切。无论县上的领导如何批评，如何指责，我都能够忍耐、再忍耐！

这一年，真好呀！特别是到了秋天，你蹬上车子，顺着田间小道，慢悠悠地看吧：这里是黄玉米，那里是红高粱，这里是旱地西红柿，那里是一片大白菜。你往高处一站，红橙黄绿青蓝紫，就都会呈现在你的眼前。真可谓“千家争颜”“百禾齐展”。

这一年获得空前大丰收，超额完成了国家的征购任务。全公社的任务是30万斤，实际完成150万斤，超额4倍，占到全县总征购任务的25%。受到了县委的特别表彰。

3. 因地制宜，一把黄土打天下

题 记

在执行上级党委的政策时，也还要考虑是否符合当地实际。拿栽桑养蚕说，就不符合我们公社的实际。我们曾经吃过这个苦头，不能旧苦重吃。因而，我们用事实说服了县委，仍以一把黄土打天下，要走出我们自己的致富路！

1981年初，县委书记张维庆来了。他问我，工作上有些什么困难？我说，当下最困难的事，就是老百姓手里无钱花。

我向他讲了这样三件事：第一件，是有个社员，偷偷跑到河南某地，给人打工烧砖，挣下500元钱。过年了，去向主家要钱，主家不给钱，还让自家的狗，咬伤他的腿，流着血回来。第二件，是有个社员，因给母亲看病没有钱，就偷偷地到医院去卖血。结果，血卖的不少，自己的身体也垮了，母亲也死了。第三件，是有个社员，因老婆病故，一人养着三个子女，养不住，就把五岁女儿带去邯郸，想送给一个亲戚家。因亲戚家不要，他没了办法，就把孩子哄到车站，给孩子买了个饼子，说自己去小便，就含着苦泪，把孩子扔在那里回来了。

作为一个公社书记，作为万口人的父母官，我听到这些事情，哪能不心酸呢？张书记听后，也一样感到心酸。然而，张书记却马上意识到，这是将要出现的农村改革的第二步。于是，便说："我们应当清醒地认识到，实行包产到户，解决粮食问题，给老百姓装满粮袋子，保证老百姓吃饭，这是农村改革的第一步；紧接着，就是解决老百姓的花钱问题，给老百姓装满钱袋子，让老百姓的‘腰包’鼓起来，这是农村改革的第二步。而要走好这第二步，关键的一条，就是要大力发展工副业生产。”

张书记这么一说，我也一样地意识到了这一步。可是，在我们这里，条件却是很有限的。我们公社基本上是平川区，山上无树木，地下无资源，吃水还得靠老天。可以说，金木水火土五行就缺了四行，只有土不缺。全公社两万多亩土地，80%是平川。在这样的环境里，如何去发展工副业呢？面对这一问题，我请张书记帮我们想想办法。

这时，张书记猛然想到，“集店不正是西庄公社的一个大队吗？集店大队是个拥有700户2800多口人的大队。在这样一个大队里，一个劳动日能挣到一元钱，高出全县平均水平的一倍多，实在是个天文数字。这是为什么？‘谜’在哪里？就在于十一届三中全会之前，他们就建起一座机砖厂，年产机砖500万块。一块砖4分钱，全年的纯收入就在10万元以上。全大队500多个劳动力，只拿机砖这一项收入算，一个劳动力就要挣到200元。仍超全县人均收入的一倍。这样一个好典型，摆在你梁忠文面前，难道说你就没有发现吗？”

经张书记向我这么一讲，我才知道我是顾此失彼，有眼无珠，不知“金山”就在眼前。

张书记说：“你不是说你们公社是只有黄土吗？现在正是需要你学习集店，抓住优势，先用这把黄土打天下。你不要小看这把黄土，黄土如黄金，尤其在你们公社显得更为重要。可以说，这把黄土将是一棵见效最快的摇钱树。谁家栽，谁家富；谁家不栽，谁家穷。可以说，这是你们公社打开农村二步改革的一炮。这一炮打好了，不仅会推动你们公社工副业的发展，还会影响到全县都来抓这把黄土，都从这把黄土上起步……”

张书记对这把黄土，为什么看得这样重要呢？这是他经过深入调查后得出的结论。

第一，要看透形势。他认为，十一届三中全会的强劲春风，一定会吹进长治市。长治市既是山西的要市，又是太行山上的英城，更是上党盆地的明珠。长治市一定会大起步、大发展、大建设。一旦开建，机砖自然是重要建筑材料之一。这样一个重要城市，要大规模地建设，你能知道要用多少砖吗？这将是一个无法计算的庞大数字。我们应当把长治市看作一个大市场，把机砖当作一棵很大很大的摇钱树，下大力气，组织大家尽快上马，共同奋斗，拼搏出一条致富路。这是客观趋势，历史潮流，长治市必然要发展到这一步。只要先走好这一步，先抓好这一把黄土，就会打开一片新天地。

第二，要看清优势。相比长治，据他估计，我们公社的优势是绝对好，甚至比长治市市区四周的条件都好。这是因为，有四个有利条件：一是，我们公社紧挨长治，相距不足10公里；二是，位于长壶公路之边，交通十分方便；三是，地形高于长治，居高临下，运输特别省力；四是，我们公社的土质特别好，是烧砖的最好原料。因此说，我们这里有得天独厚的优势。

第三，要看准机遇。张书记分析：尽管十一届三中全会已经开过两年多了，但是，由于大锅饭的根深蒂固，很多地方思想还没有解放，还处于僵化状态。拿长治市市区说，很可能还沉睡在学大寨的朦胧之中，还是只抓粮食生产，不抓工副业的发展……如果是这个局面，这正好是给了我们一个大干快上，超越别人的大好机遇。抓住这个机遇，狠抓机砖厂建设，力争在一两年内，建起10至20座机砖厂。等到长治市展开大规模建设时，这个大市场正好被我们所占领。可以说，我们的机砖销售不成问题。如果能建起20座机砖厂，年产砖能上到1亿块，产值上到400万元，只这一项，我们的人均收入就会达到300元，超过去年人均收入最高年70元的三倍多。

为了落实张书记的意见，很快打开农村改革第二步的局面，次日上午，我们就召开了一个党委扩大会，14个大队支书全部列席。

会上，当我们把张书记的想法与要求讲了后，大家深受教育，深有好感："为解决百姓的吃饭问题，去冬，大胆支持我们搞了包产到户；为解决群众的花钱问题，今春，又让我们先抓一把黄土，张书记为咱们老百姓的事，真是用了心，咱们怎会不干呢？"

"人心齐，泰山移"。只要你能把话讲在群众的心坎上，人心自然就会齐；只要你能够拿出好主意，鼓起人们的冲天干劲，泰山就会移。这次会议，开得非常热烈，非常成功。我们的奋斗目标，当下就敲定：今明两年，全公社要力争建成 20 座机砖厂，年产机砖 1 亿块，产值上到 400 万元。当年先由常平、李掌、三家村等 10 个大队起步，力争"七一"前建成 10 座机砖厂，向党的生日献礼。

会后，像雨后春笋，这 10 个大队立刻就行动起来。他们大都是自力更生，艰苦奋斗，靠自己创业。

随后，我们仅用了 100 天时间，10 座机砖厂就建成投产了，"七一"这天，都献了礼！

张书记的预见太准了：我们的机砖刚出窑，长治市的建设就开始了，他们都是拿着现金来定砖。从"七一"到"十一"，仅三个月时间，就产出 3000 万块砖，一销而光，收入 120 余万元。

就在这时（1982 年 4 月），张维庆书记调走了，新上任的书记"三把火"之一——为了开辟一项新的副业门路，县委决议，要学习阳城县栽桑养蚕经验，在全县大规模地推广。县里不仅从阳城购来大批桑苗，还请进 10 名技术人员专门指导。要求各公社至少拿出 10% 的土地建设桑园。我们公社共有 2 万多亩耕地，自然就得拿出 2000 多亩地建桑园。于是，我们召开党委会，专门研究这一问题。对于这一问题，首先我就想不通。这是因为，我曾经在阳城、沁水工作过两年。人家的栽桑养蚕之所以能搞好，是因为有一条沁水河横跨两县，栽桑养蚕的村庄又大都在沿河两岸。而我们壶关县是一把干壶干到底，连人畜用水都困难，哪里能谈得上栽桑养蚕呢？

根据我们的实际情况，只能在河口、常平两个大队发展。这是因为这两个大队都处在杜家河水库下游，有100多亩下湿地，能够发展桑园。然而，这只是个人想法，还需大家讨论。常委们通过讨论，一致赞成我的意见，这是因为：20年前，就有人在全公社倡导过栽桑养蚕，而且，都挑的是好地。西庄大队就挑的是东坡上（地名）的最好地30亩，发展桑园。可是，因为常年干旱缺雨，桑树都长成了“秃圪床”，所生叶子没有耳朵大（阳城的叶子如碗口），30亩桑园，养不住一条蚕。这都是“刮金板”的好地，至今还白白浪费着。还有几个大队，也是这种情况。

实践证明，在我们这里，确实不能重走旧路，劳民伤财。那么，这该怎样办呢？大家一致认为应当实事求是，实话实说，我们可以给县委打报告，让县委来考察。

然而，还没有来得及打报告，次日一早，县委副书记丁松珍就来了。他来正是为了落实我们的桑园事。不知什么人搞了“小动作”，把我们密告到县委书记那里，说我们栽桑养蚕不积极，14个大队，只搞两个大队，不超百亩地。简直是胆大包天，目无领导，县委的决议都敢违抗；相反，建机砖厂，却是敢想敢干，大刀阔斧，几个月的时间，就建起10座机砖厂，占去耕地150多亩。既违反了社员承包合同，又破坏了农业生产，损害了群众利益。因而，在昨夜召开的常委会上，县委书记就点了我们的名，说我们是瞎干，该干的事不干，不该干的事硬干。要求我们马上落实桑园计划，如不执行，就先从我这个书记头上开刀。

在这种情况下，丁书记一马当先，把这件事揽在他身上。丁书记带着气说：“忠文呀，包产到户，你胆大，你倒是胆大对了；可县委号召栽桑养蚕，开辟一项新的副业门路，有什么错？你为什么不执行？再说，你们建机砖厂，占了那么多的好地，群众同意吗？你想干的事，就是错，也要干；你不想干的事，就是对，你也不干。”

我说：“丁书记，我正想去找你，你就来了。这也可能是老天有眼，专让人去告我的状，把你逼来了。你是我的老领导，见了真人，不说假话。”我敞开思想，实话实说，先把栽桑养蚕的实际情况汇报后，我就领着丁书记到西庄、李掌、三家村等三个大队去看，他们三个大队占地200亩，栽桑养蚕，都是以失败告终。然后，又领他看了河口、常平两个大队（水库下游的地），湿漉漉的一百多亩河滩地，完全可以栽桑养蚕。

在肯定了栽桑养蚕这个问题后，我们就领他看机砖厂。一连看了三个厂，给他介绍了可观收入后，我才给他讲原因：实行包产到户后，吃饭问题解决了，花钱问题出来了。为了尽快解决老百姓的花钱问题，我们确实是抓了机砖厂的建设，全公社14个大队，就有10个大队建有机砖厂。10个机砖厂，虽然占去土地150亩，但我们对这一问题，却处理得很好：一是，凡占去一亩地，秋后加倍赔偿，按时兑现；二是，一旦砖厂报废，既要按标准恢复耕地，还要连赔偿三年产量。我们的做法深受群众欢迎。哪里能谈得上是破坏了承包合同，遭到了群众的反对呢？我们之所以这样做，都是根据当地的具体情况，因地制宜地去发展生产的。邓小平同志曾经讲过：所谓因地制宜，就是说，哪里适宜发展什么就发展什么，不适宜发展什么就不要去硬搞。

这样一来，我们完全说服了丁书记。他说：“看来，你们的想法和做法都是对的，无论办什么事情，都应因地制宜，从实际出发。不要认为县委定了的，就都是对的，你们变了的，就都是错的。面对现实，该变就变，该改就改，不要干那种劳民伤财之事。”

丁书记肯定了我们的意见后，我们原定的目标不变，仍是以一把黄土打天下。于是，就召开社队两级干部会，传达丁书记的意见，讨论如何大干快上的问题；讨论在百日之内，如何完成第二批10个机砖厂的建设任务。会后，我们采取种种措施，充分调动广大群众的积极性，到这年年底，我们所要求的两个目标，就都按时达到了：一是，两年内建成机砖厂20座，年产砖1亿块，产值400万元实现了；二是，占领了长治市这个大市场，

80% 的施工单位，用的都是我们的砖。我们的砖有多少销多少，运砖车超出百余辆（大都是拖拉机与小平车等），在长壶公路上，摆成了一条“红”色巨龙……

一业盛，百业兴。我们用这一把黄土打开天下后，全公社形形色色的中小企业，就像雨后春笋层出不穷：有陶缸、陶管、陶磁、琉璃、石料、石灰、电石、水泥、机砖、耐火砖等。

我们乡（从 1984 年 6 月，由公社改为乡）从 1982 年到 1984 年，仅两年时间，就创办了 150 多个企业，布满了全乡 14 个村，使 80% 的农民，不出门子就就了业。真可谓：

百业兴遍布全乡，
大小人都把工上。
白天里人欢机叫，
夜晚来灯火辉煌！

实践证明，农村二步改革这一炮，我们打得很响……特别是先用黄土打天下，起了极大的推动作用。同时，也还证明了张书记当初的预测：他曾向我们说过，这 炮打好了，不仅会推动我们公社工副业的发展，还会影响到全县都会来抓这把黄土 ，都从这把黄土上起步。因而，从 1984 年开始，全县有不少地方，都来我们乡学习、取经，推广机砖厂。我们还曾派出技术员，到各地帮助指导。到 2000 年底，全县共建起机砖厂 80 多座。不仅为他们打开了致富门路，拓宽了增收渠道，还大大推进了新农村建设。

4. 体察下情，为村办企业解困

题 记

红旗水泥厂与常平水泥厂紧挨着，就打起官司来。按说，红旗厂应该打赢——因为分管工业的副县长，一直就是支持他们的。然而，常平却打赢了！

1983 年 5 月 26 日的早晨，阴雨蒙蒙。我刚起床，常平大队党支部书记宋刘富，身披一块塑料布就来了。他的两只眼睛通红通红，好像通宵未眠似的。他一见我，就长出了一口气，说：“梁书记，我也不想打扰你，可是如今不打扰你不行了。你知道吧，我们的小水泥厂已经建成，只要一通电就可投产。今日是通电日，明日就是投产日。我们支委在分工时，都说通电最难，就把通电这件事留给了我。我们的分工，还在全体党员会上表过态：分工负责，各尽所能，按时完成。因而，早在半月前，我就在县里活动，从供电所到电力公司，到电业局等，我一连找了三四遍，大都表示同意供电。但到了分管工业的副县长那里，无论怎样说，人家都不答应。如今，我实在没办法了，不得不来找你。”

宋刘富是个很有个性很有能力，又很会办事的人。我来这里将近三年了，他从未找过我办过什么事。如今他来了，可以说，他办不了的事，我也很难办成。

为什么这样讲呢？我早就听说，县红旗水泥厂在县里告常平的状。原因是，常平水泥厂紧挨红旗水泥厂，两厂相距不到 100 米。这么一来，必然要影响红旗水泥厂的销售。因而，红旗水泥厂就把常平告到了分管工业的副县长那里。尤其是这位副县长，因正县长调离，他正主持着政府工作。

因而，我回答说："刘富啊！这事恐怕是很难办呀！我也只能是试一试！"

刘富说："梁书记，你知道，我背后（指全村）有1300多口人，眼巴巴地等待着通电啊！这电如果通不了，水泥厂办不成，就要造成近百万元的损失。这是全大队当今的一件大事情。因而，老百姓就会指着我的鼻子说，刘富呀刘富，你的本事去哪了？你说的话，还算数不算数？"

我说："刘富，你也知道我的个性与脾气，这件事，如果办不成，我也不敢来见常平的老百姓，我也无脸再在这里当这个书记了！我这次去县，就拼着丢'纱帽'。"

要知道，这是要与副县长去交涉呀！我的胆量就再大，胳膊也拧不过大腿。我不能一人去，得和薛主任共同去，万一发生了冲突，总得有个拉架的人。

于是，我和薛主任吃过早饭，也各披了一块塑料布，骑着车子，冒雨而去。

我们乡离县城约10里地，半个小时就到了。我们直接找到了副县长的办公室。这位副县长好像有预感，一见我们来了，就知道是来说常平之事。于是，便放大嗓门说："你们也是为常平之事来的吗？告诉你俩，说不行，就不行，没有商量的余地。"

"这是为什么？难道说，县长就可以不讲理吗？"我万万想不到，薛主任却抢先开了口，他是个直脾气，说话不拐弯。就这么一句话，就惹恼了副县长。于是，副县长就拍着桌子说："你说的是什么话？你就不讲一点实际吗？你们常平的小水泥厂，与红旗水泥厂简直是对着干，你们就不知道吗？"

"难道说，只许州官放火，就不准黎民点灯吗？"又是薛主任开了口。

这一来，这位副县长更急了，他火冒三丈说："我问你们，是不是国家干部？领不领工资？把红旗水泥厂挤垮了，由谁来交税？用什么给你们发工资？”

“我们不要工资行不行？”还是薛主任在回答他。

这样一句一句地争下去，既没有多大意思，也不会有什么结果。于是，我便提出“见书记”：“如果县委书记说我们错了，我们就改！”

“好好好，同意你的意见，咱们一同见书记去！”这位副县长满有把握地说，“就是见了阎王老子，也还得讲二分理哩！”

于是，我们三人一同走进了县委书记聂庆保家。我们刚坐下，这位副县长就先开了口，书记只好点头，让他先说。这位副县长把这件事的前前后后都讲了，紧接着就提出三个“影响”：第一，影响销售。两家水泥厂，相距百米远，自然要影响红旗水泥厂的销售。第二，影响生产。近年来，电量很不足，红旗水泥厂经常停电。如今，再加一个水泥厂，不能说不受电的影响。第三，影响税收。红旗水泥厂，年产10万吨水泥，年交税就要达到30万元。若销售量减少了，税收完不成，我们全县干部的工资，自然就会受到影响。因此说，民办水泥厂，应该给国家企业让路。

这时，还是我们的薛主任先开了口，他说：“常平水泥厂已经建成了。如果不准办，造成极大浪费，谁负责？特别是这套机器，是花50万元购来的，这机器该怎办？这不就要造成极大的劳民伤财吗？”

没等薛主任说完，副县长就打住说：“造成劳民伤财，是你们自找的，红旗水泥厂的领导曾向常平打过招呼，为什么不听？”

“红旗水泥厂的领导又不是我们的领导，我们用不着听他们的指挥。”还是薛主任回答了他。

“这样吧，”这位副县长又说，“你们的机器好办。听晋庄公社书记说，他们有个大队要建一座小水泥厂，但不知买到机器没有，我可以问问他们。”副县长说着，就抓起电话，打到晋庄公社，经与书记联系后，说还没有买到机器时，就高兴地说：“完全可以卖给他们。”

薛主任火兴兴地说："你是全县人民的县长还是一家的县长？为了红旗水泥厂，还敢给我们找婆家，我们用得着你找吗？"

就在这时，聂书记开口了，他说："不要再争吵了，我们都冷静下来，讨论讨论。忠文同志，你说说，我想听听你的意见！"

这时，我也只得说了："我有这样三点意见，供领导参考：第一点，可以这样比，这就是，红旗水泥厂，代表着工人，常平代表着农民。工人与农民是一家，是亲兄弟，作为领导，就应该一碗水端平，一视同仁。既要关心国家水泥厂，也应关心常平民办水泥厂。第二点，税收问题，只会增加，不会减少。我们农民办企业，尽管国家有照顾，免税三年，但三年以后总要纳税。第三点，两家同时生产水泥，只有好处，没有坏处。过去，红旗水泥厂是独家生产，没人竞争。如今出现两个厂后，必然要展开竞争。红旗水泥厂，只能前进，不会后退。"

我这么一说，竟把聂书记说笑了，他说："忠文同志，你讲的倒也在理。但是我觉得县长讲的也是很有道理的。你应该有个顾全大局的思想。你看这样做行不行？你让常平家把机器卖了，另选一个新项目，县里再给他们拨点款，好不好？"

我说："我倒不能说县长的意见不对，我是说，我无能为力……"这时，我非常痛心，看来，这顶"纱帽"是不能戴了。不知道什么时候，我的两眼就含满了泪水。这时，冷场了，无人说话了，还是我先开了口："聂书记，你说的有道理，我应该顾全大局，服从领导，可是，可是，只恨自己能力差，说服力不强，没有办法去解决常平的问题……"就在这时，我向聂书记提出了辞职 。

这一下，首先惊醒了薛主任，他是个硬汉子，也一样地含着眼泪提出了辞职。

这么一来，书记、副县长，四只眼睛都瞪大了，不知道该说些什么。最后，还是书记表了态："不要再说什么了，给他们送电吧！"

“可——以——吧！”副县长无精打采地抓起电话机，通知了电力公司。

这时，雨过天晴，金色的阳光洒满了大地。我俩告别了二位领导，就骑车直奔常平。

宋刘富今天早上找过我后，尽管他把应讲的话都讲给了我，但他总是感到很难办成。因为他一连三次找过那位副县长，那位副县长竟发了脾气，说出绝话：“你就是跑断腿，也不会给你们送电！”因而，他觉着，这把锁子已经是锈住了，我也很难打开。

今天早上，他从公社回到村里，没敢回家吃早饭，就先到水泥厂，等候大家来做通电的准备工作。他见大伙都来了，强打精神，鼓励大家说，今天的电，应该说没问题，因为是梁书记亲自去了。

尽管这时，哑巴小雨仍下个不停，但宋刘富却领着大家收拾场地，贴挂标语，预备鞭炮等，100多人，都动起来了，不到两个小时，就都准备好了。

这时，已到11点，宋刘富想，按说梁书记就应该回来了。是好是坏，是死是活，应该有个结论了。

也就在这时，宋刘富远远看见通往县城的大路上出现了两个蹬车人，那就是我和薛主任。宋刘富一见是我们面带笑容地回来了，心里就有了底。

我们走进厂子，把车子一支好，大家就都围拢来。

说来也巧，就在这时，电来了，所有厂房都亮了。因为厂房都在他们的背后，一时间都还看不见，我就马上喊：“请大家回头看！”

这一来，100多人，全都高兴地跳起来，喊起来，唱起来……

现在回顾当年常平水泥厂通电一事，县长从全局出发考虑问题，他的建议是有道理的。但当时村办企业刚起步，需要特别支持，我们才给县领导出了难题。

5. 为民做主，帮农民追欠款

题 记

因为市里的一些单位欠集店村30多万机砖款，一直不还。我们通过《山西日报》反映情况，市纪委举一反三，很快就将所欠我乡各村的砖款全部追回。

1984 年 6 月 20 日傍晚，我在自家院里偶然听到墙外两个人的说话声，甲问："老吴，今日到市里讨账讨得怎样？"

老吴长叹了一声说："不要提了，未要上一分钱，还挨了一顿打！"

甲有点吃惊地说："什么？还挨了打？这哪能行呢？告他们去！"

老吴说："咱这土老百姓是告天天高，告地地厚，有谁能为咱出出这口恶气呢？"

甲说："要说吧，我就要多嘴哩，这墙里就是乡政府（由西庄公社改为集店乡政府），顶个屁？当官不为民做主，不如回家卖红薯……"

我一听，知道是集店村有人到市里讨账，除没有要上钱，还吃了一顿打。显然，他们肚里有气，就骂开了乡政府。看来，我得出面管一管呀！

于是，这天夜里，我就把集店村的支书叫来了。经他一说，才知姓吴的叫吴来存。今日，吴来存到长治市手管局讨账，不但没有讨到一分钱，还招来一场祸。

到市里讨账的人，并非吴来存一个人，每天不下 10 人。这是因为，集店村在发展机砖生产上分成了两支队伍，一支专管卖砖，一支专管烧砖。

专管烧砖者：集店村有两座机砖厂，每天有 160 多人在上工。每天要生产机砖 5 万块，一年要生产千万块。这些砖，大都销往长治市。专管卖砖者：有 40 多户、180 多口人。每天有 40 多辆拖拉机，送砖到长治市，其规定是，谁卖谁讨账，以户结算账。问题是，长治市中的一些单位，长期拖欠，不讲信用，十分严重。仅国家单位就有 30 多家，共欠款 30 多万元。

由于长期讨不回账来，给集店村造成了极大困难。不仅使两支队伍的 300 多个劳动者领不到工资，影响到家庭的正常生活，还严重影响着机砖的生产，两座机砖厂连煤都买不起了，还怎样生产呢？因而，支书很发愁，想不出一点办法。

在这种情况下，便把我“逼上梁山”，说什么也得出面去管，因为我是书记。老百姓有了困难来求我，我能说不管吗？可是，如何管确是个大问题。天无绝人之路，就在这时，来了一位意想不到的客人——《山西日报》的一位记者（我的一位老朋友）。

何不求救于他，在《山西日报》上，打一场“讨账”官司呢？

当我把这一想法讲出后，却使这位记者大吃了一惊，他说：“老梁同志，你的胆量可真够大呀！要知道，这告的是长治市呀！弄不好，你会吃大亏的，会给你这个小小乡书记带来麻烦。”

我说：“我现在想的不是自己吃亏不吃亏的问题，而是如何解决老百姓的切身问题！”

“当然是能够解决的！”这位记者认真说，“如果以 180 名农民的名义来讨债，一旦登上《山西日报》，就会轰动长治市，就会引起市委、市政府领导的高度重视——试想，这明明就是与长治市打官司，能不解决问题吗？问题是，这样一做，让长治市败了兴，就会给你招来麻烦，你能顶住吗？”

我说：“我不怕：第一，这是为老百姓讨要血汗钱。能够要回这 30 万元钱来，就是最大的好事。在大事面前，我这个小小乡书记，只能向前，不能退后。第二，长治市委、市政府是一级堂堂正正的大政府，哪能会与我这个小小的乡政府作对呢？如果真要与我这样做，就算是鸡蛋碰碌子，只得如此了。第三，长治市还管不着我们。我们壶关县属于晋东南地委管。即便长治市委想管我，也还得拐个弯。”

记者见我无怕字，也就接受了我的想法。他以“记者来信”名义，以《一百八十位农民的苦恼》为题，写了一篇，登在了1984年7月21日的《山西日报》上。

这篇报道一登，在长治市就引起了强烈反响：有说酸的，有说甜的，有反对的，也有拥护的。有的说，壶关家真够呛，一时还不上款就登报；有的说，拖拖欠欠，是常有的事，既要共事，就不要怕拖；有的说，欠下人家的，除不还，还要打人家，这像什么话；还有的说，一拖三年不还账，也太过分了……

然而，就在这时，传来一条大道消息：省委决定，要将晋东南地区一分两半，一半归晋城，成立晋城市；另一半合并于长治市。我们壶关县离长治市只有10公里，自然要归长治市。

这么一来，乡政府大院里吵成了酱：这个说，梁书记你太糊涂了，不该与长治市打官司；那个道，咱们如同一只小水桶，跌在了人家“井里”，定会由人家随意圪捣。也就是说，如今咱壶关落在了人家手里，必然会遭到报复。因此说，你梁书记就没有一点顾虑吗？

世界上的事情往往就是这样：你越怕甚，就会有甚，你有怕字，就来了怕字。就在这时，长治市纪委来了一位副书记，在会议室等我，说要见我。我从乡下回来，一听说来了这么个客人，就有点心慌。可是，心慌有啥用呢？只好听天由命了。

然而，意想不到的是，这却是一位十分温和的领导，他一见我，就满面春风说：“你们在《山西日报》上捅了我们长治市，捅得好，捅得对，就应该这样捅一捅。市里的一些单位，太不像话了，不应该把关系弄成这样。今天我来，就是来解决这一问题的。”于是，他让我把集店支书叫了来，让其给他列出欠款单位的花名及款数，说一定要将所欠款额给我们追回来，绝不坑害老百姓。

次日上午，市纪委就召开了一个50多家欠款单位负责人的座谈会。市纪委书记在会上作了动员后，便给与会人提出三道讨论题：一是，欠款该不该还？二是，欠款不还，会带来什么危害？三是，什么时候可将欠款还清？经过大家讨论，纷纷表示，10天以内，保证还清。

半个月之后，这位纪委副书记又来了。进得门来，首先就问欠款还得怎样？我们说，还得很好，欠款全部还清了。这时，我激动地向这位副书记表示：市纪委为我们帮了大忙，老百姓们拿到钱后，纷纷提出，应该感谢市纪委，给市纪委送块匾。

我们以为，这位副书记只是来落实集店村的还款问题，想不到，却是来落实全乡各村的还款问题。他们从落实集店村的问题中，发现了不少单位还欠着其他村的款。他说：听说你们全乡的14个村中，就有12个村开办着20座机砖厂，年产机砖上亿块，这些砖哪里去了？不大都是销在市里了吗？一些单位的欠款，还不回来，老百姓不也一样地要告状吗？到那时，不还是得我们纪检部门来解决吗？迟解决就不如早解决。我们既来，就要彻底解决。因而，他建议我们乡，召开一个有关的村干部会，来一个大统计，大清理，把市级单位所欠各村的款，全部登记出来，汇报给市纪委。

这真是一个振奋人心的好消息：市纪委要为我们追回所有欠款，哪能使人不高兴呢？因而，当天下午，我们就召集12个村的支书及20个砖厂的厂长、会计开会。在会上，就澄清了所有欠款。

又是半个月，这位副书记又来了。百万元欠款，已全部追回来了，他又来做什么？他说，他是代表市委来表扬我们的。他说：“市委主要领导说，打官司打出个好典型来，一个乡就能建成20座机砖厂，年产机砖上亿块，实在不简单，这对我们长治市的基本建设将起着重要作用。因此，市委特意要我来表扬你们，鼓励你们，要你们加倍生产，提高质量，尽力保证市建所需。同时，我们纪委还要与你们保持联系，有了什么困难，还会帮助你们。”

这么一来，市纪委的所作所为，深深感动了我们，教育了我们。我们向副书记提出，要给市纪委赠一面旗，以表我们的谢意。而副书记却说：“我们纪检部门，从来就不许这样做。”于是，我又提出写封感谢信，而副书记仍说不行。

我说，这也不行，那也不行，那么，我们写几句话，送给市领导，总该可以吧？

副书记只好笑着打开他的笔记本，我写下这样几句话：

关爱百姓，无微不至，

高风亮节，深得民心！

发展篇

FAZHANPIAN

1. 用自力更生精神，争取信用社的支持
2. 狠抓科技发展，防止两极分化
3. 努力挖掉穷根，预防上访告状
4. 关心农村干部，解除后顾之忧
5. 推行三条做法，体现民主公平

1. 用自力更生精神，争取信用社的支持

题 记

包产到户后，随之而来的一个大问题，就是如何解决老百姓的花钱问题。在我们这里，最有效的做法，就是发展机砖生产。而建一座机砖厂，需投资 20 万元。最初，信用社只敢贷给 3 万元。我们用自力更生精神，经过艰苦奋斗后，感动了信用社，使他们自动打开了放款门……

1981 年初，县委书记张维庆向我们指出：要大抓机砖厂建设，先用一把黄土打天下，来解决老百姓的花钱问题。这是根据我们公社的实际情况定的，应当说，这是一步好棋，是一步最有效的棋。然而，这步棋，虽然走过来了，经历了很多困难。

为什么这样讲呢？这是因为，一开局，就遇到了两个大困难：一个困难是投资过大。以建成一座机砖厂投资 20 万元算，要建 10 座机砖厂（当年计划），就得投资 200 万元。另一个困难是外债过大。由于长期大锅饭，使全公社 14 个大队中，就有 13 个队外债累累。特别是欠信贷款额都很大。在这种情况下，哪里还谈得上拿出资金办机砖厂呢？

面对这两个大困难，我们召开了大队支书会，要大家想办法。大家说，土建工程好办，我们多投些工也就是了。最难的就是缺资金。因为购置机器、钢筋、水泥等，就都得拿现金去办。这该怎样办呢？大家把解决这一问题的希望集中在信用社贷款上。也就是说，在关键时刻，让信用社大大地拽咱们一把，这难关也就闯过去了。

可是，一提起信用社，就都摇起头来，说信用社主任外号“老抠”。过去大锅饭期间，一年之中，给集体的贷款额，小村 1 万，大村 2 万，最高也超不出 3 万，还都用在化肥、种子、农药上等。

如何对待这个“老抠”呢？大家的意见是由我出面为好，说我既是书记，又是初来，一定会给我个面子。

“好，咱就试试吧！借不来谷子，布袋在。”于是，我就领着三个支书，到了信用社。主任见我们来了，就知道是来干什么的。于是，他一开口，就冷冰冰地说：“对不起，我这个主任满足不了大家的要求。”我没有吱声，只是三个支书说了一阵子就都走了。

我也要走，主任却拦住了我，他有点为难地说：“你是书记，以前不认识，这就认识了。多年来，我给各个大队的贷款，大都在 3 万元以下，今天给你个面子，可贷至 5 万。”

我见他很不痛快，就不想为难他，于是说：“三万两万的，在目前说来，也不解决多大问题，你有难处，就不要勉强增加。”

我虽是主动离开了信用社，但总觉得主任有顾虑、有包袱，我作为公社书记，首先就应该先从思想上去解决他的顾虑。于是，我又二次登门了。

主任见我又来了，他的脸色虽然还有点冷，但却有了点温情：“梁书记，请坐！”而我，却是满面春风地说：“主任，我今天来，并不是说贷款之事，我是想与你聊聊。有人对我说，你并不是个冷冰冰的人，而是个开朗活泼的人。你一定是受了什么刺激或挫伤，才变成这样的，你说是不是？”

我这么一说，就把他说笑了，他说：“你这书记不简单，你会相面，你算是把我相准了！”于是，打开了他的话匣子。

他说：“我这个人，是个争强好胜的人。过去，我当过好几个公社的信用社主任，我的工作，在全县的 20 个信用社中，一直是数一数二的。可是，自从来到这里，就不行了，就打起败仗来了。尤其是近三年来，年年排队是倒数第一。特别是对集体，年初放款额大，年底回收额小，经常受到领导批评。人有脸，树有皮，总想争口气。可是，在这个地方，无论如何争，也争不起这口气来。这样一来，只好在放款额上卡脖子，能少放，就少放。”

听他这么一说，我明白了一个问题：钱是硬头货。从集体到个人，手里都没有钱，这纯粹是长期吃大锅饭造成的。由于这样，弄得信用社的业务也无法开展了。这说明，只有把农村经济抓起来，让集体与个体都富起来，信用社的业务，才会很好地开展起来。

我作为书记，应该换位思考，主动站在信用社的角度上，去看问题、想问题、处理问题。只有这样，才能使人接受，才能使人感到温暖。于是，我便热情地向主任说：“主任，我完全理解你，在目前这种特定环境下，应该按照你的计划去进行。你的放款额，还是不要扩大为好。我们要尽量发挥自力更生精神去奋斗！我想，只要我们咬紧牙关，紧紧依靠广大群众，苦战上几年，总会翻身的。”

“不不不，梁书记，说 5 万就是 5 万！”主任还不否定他的表态数。

“好吧，谢谢你！”

各大队支书们，都希望我推开信用社门子，来解决他们的困难。然而，我深知这个门子暂时还推不开。在这种情况下，还是得把困难交给支书来解决。于是，我就又召开了各大队支书会。我首先把信用社的情况讲了后，就要求大家要正确对待信用社，正确对待主任。

回头，我向大家讲：我们不要在一棵树上吊死，老想着个信用社。在关键时刻，还是要想想毛主席说的话：世界上，只要有了人，什么人间奇迹，都会创造出来。我希望大家都动动脑筋，想想办法，看怎么办。

我这么一说，当下就激发了大家：东关壁大队支书讲，他们村有耐火砖，需要多少，借给多少。西庄大队支书讲，他们有石灰，也是需要多少借给多少。李掌大队支书提出，他们有石子、石粉，一样需要多少借给多少。特别是集店大队，起到了很好的表率作用。他们不仅要拿出 100 万块机砖，支持 10 个兄弟队建烟囱（建一个烟囱就需 10 万块），还把设计、建窑、烧窑等一系列的技术包揽起来，无代价地进行指导、传授与培训等，尽力减少兄弟队的支出。

在此基础上，大家共同提出三条办法：一是自力更生，互相支持，充分利用本地资源；二是自力更生，发动群众，努力挖掘本村潜力；三是自力更生，寻找关系，力争求得外援。

这么一来，第一批定的10个队建设机砖厂的工程，立马就开工了。

三个村，不仅来了个人人集资，户户献物，还通过关系，在长治市的某些单位预定了一些合同，预支回一部分资金。他们在信用社只贷了3万元就投产了。

常平大队更会干，首先是烟囱解决得好。在他们的村西有一座42米高的大烟囱，这是当年“大跃进”时期，县上在这里建的炼铁厂留下的。如今，他们利用了这个大烟囱，一下就省出6万元。第二，他们大队原有五个土砖窑，如今一齐投产，仅三个月时间，就挣回4万元。第三，建轮窑，全用的是自打土坯，没用一块砖，又省出3万元。因而，他们只在信用社贷了2万元就投产了。

东长井大队更有本事。他们大队有个工头叫马书明，领着近百人的建筑队，在潞矿施工。大队就从他那里引进资金10万元，没贷一分钱，就把机砖厂建成了。

不出百日，就有三个大队投产。这些机砖一出窑，就都销往长治市。有多少，销多少，快得很。

这些活生生的事实一出现，这种自力更生精神一表现，就触动了信用社主任。

在公社大院里，信用社主任有个要好的朋友，叫申八斤。他虽是个副主任，但他对谁的情况都了解。于是主任就让申八斤回答他的疑问。申八斤就一针见血说：“你是光低头看地，不抬头看天，光在抠你那几个钱，不出来见见世面。中央的十一届三中全会像春风一样，吹遍了全国各地，不是梁忠文神了，而是‘三中全会’神了。梁忠文吃透了中央精神，跟上了中央步伐。”

申八斤这么一讲，主任如梦初醒：这是一场改天换地的大变革，这是一场破旧立新的大运动。人心变了，精神变了，干劲也就变了。哪里人心变，哪里就大干，哪里就大变。

因而，这天上午，主任上门来找我了。他一见我就说他落后了，他赶不上形势了，他对不起全公社人民。他要求我召开各大队支书会，他要向大家认个错，道个歉，表个态。

我很高兴地对他说：“主任，你变得真快呀，你一定会成为我们的活财神！”

于是，当天下午，我就召开大队支书会，并向大家声明，这是信用社主任特意要求召开会议，他有重要话要向大家说。

他讲得是那样的诚实，是那样的深刻，是那样的感人。最后，他说：“无论集体与个人，无论干部与社员，谁都可以贷款。只要是为了发展生产，发家致富，我就大力支持。我这盏绿灯，要永远地给大家开着。”

尽管信用社的门子推开了，但大家也不会盲目贷款。还都是本着自力更生精神，该贷多少贷多少。能够自己解决了的困难，就不去贷款。每建成一座机砖厂，最少得投资 20 万元。各大队在信用社的贷款额上，最多也没有超出 7 万元，这 13 万元，都是自力更生解决的。

这样一来，当年计划的这 10 座机砖厂，到“七一”前，就全部投产，向“七一”献了礼。到这年年底，仅三个月时间，就产机砖 3000 万块，创收 100 万元。当年全公社的人均收入就达到 120 元，较 1980 年的人均收入 60 元，翻了一番。

在信用社的大力支持下，1982 年新建的 10 座机砖厂，到五一劳动节，就全部投产了。到这年年底，20 座机砖厂共产砖上亿块，产值 400 万元。已完全达到了当初张维庆书记所提的要求。

到1985年，信用社出现了两个第一：全乡储蓄额在全县排第一，全乡放款回收率在全县排第一。信用社主任不仅成为县劳模、市劳模，还出席了全国在福建召开的信用工作座谈会，交流了经验，受到了大会表彰。

2. 狠抓科技发展，防止两极分化

题　记

这是原壶关县委书记张维庆在调离壶关之前，与我们西庄公社干部告别时的讲话。这是因为，他发现了我们公社烧砖专业户侯天乐，用科技生产，全家人均收入 1700 多元，超出本大队人均收入 60 元的 26 倍，引起他的高度重视：如不再很好地发展科技，就要走向两极分化。

1982 年 4 月 2 日，是县委书记张维庆与我们西庄公社干部的告别之日。

张维庆书记上调省里的消息一传来，就震动了我们公社每个人的心。从公社到大队，从农家到饭场，无处不在议论：张书记来我们县才两年，就要调走了，为什么走得这样快？难道说就不能多留几年吗？

那么，我们公社的群众，为什么这样地留恋他呢？其中一个重要原因，就是在 1980 年冬季，我们背着县委，在全公社偷偷搞了“包产到户”，在全县引起强烈反响，并遭到许多人的反对时，张维庆书记不但没有批评或处分我们，反而把我们公社当作农村改革开放“试验区”，大胆地支持与保护了我们。使我们公社在 1981 年秋获得空前大丰收，只这一年，就解决了我们全公社的吃饭问题。

人嘛，就怕这个“生死存亡”的紧要关头，你能够勇敢地站出来，拉他们一把，救他们一步，将使他们终生难忘！如今，张书记就要调走了，我们哪能不留恋他呢？

4 月 1 日上午，不知什么人搞了个“小动作”，14 个大队支书先后都来了，他们强烈要求我去请示张书记，希望他在临走之前，来与大家见一面，合个影。他们说，这是广大党员和群众的心愿：即便大家都不能与张书记见面了，而支书们也应该代表大家与张书记告个别。可是，我在壶关工作了 20 多年，经历过 10 多个县委书记，却从未见过临走的县委书记到乡下告别过……张书记会来吗？我心存疑虑，跑到县里，向张书记请示后，没想到张书记很高兴地答应了我们的要求。

4 月 2 日上午，刚 8 点，14 个大队支书与公社干部就都来了。我们在会议室坐好，只等了几分钟，张书记就来了。我们用最热烈的掌声，欢迎他讲话。

应当理解，张书记要调走，自然有很多事情要办，自然很忙，能够挤出一点时间来，和大家见见面，合个影，就很不错了。然而，张书记来，却不是这个意思，而是有一件事，要向大家做个交待。

他说："大家听说我要走，一定不乐意吧？我和大家的心情一样，也不愿离开大家。可是，又不能不服从上级的调动。但是，即便我要走，也要来和大家见一面。

"我感到，和大家合影留念是次要的一面；而主要的是，有一件必须做的事，没有做了，放心不下，才不得不来。哪怕当作一份告别的礼物呢，也还得来向大家讲清楚。

"为什么要这样讲呢？这是因为，我已经发现你们公社出现了苗头性的新问题。这就是，经济增长的速度极不平衡。从农业上看，包产到户后，虽然都获得了空前大丰收，吃饭问题已基本解决，但是，户与户之间的亩增幅度却相差很大：增幅高者，已达到 60%，低者才 30%，相差 30%。从工副业上看，先说集体：队与队之间的经济收入，形成了剪刀差，集店、常平的人均收入已上到 200 元，而差的大队还停留在 60 元左右。再拿"两户"相比，问题就更大了，会龙庄大队烧砖专业户侯天乐，人均收入就达到 1700 元，超过本大队人均收入 60 元的 27 倍。这个距离太可怕了，如此发展下去，不用多久，就会出现两极分化，就会出现苦乐不均的问题。

“综上所述，不难看出，发展不平衡的问题，应当说是个严重问题。尽管说还处在苗头性阶段，但也不能忽视与麻痹。那么，为什么会出现不平衡的问题呢？当然，原因是多方面的，而关键性的一条，就出在‘科技’二字上。这两个字，如果不能大抓特抓，不能做到普及，就必然会出现两极分化。只有狠抓科技，才能防止两极分化。

“这里，我想讲三点意见：

“第一点，必须充分认识科学技术的重要性。农业的发展，最终要靠科学技术解决问题。农业是国民经济的基础，振兴农村经济，最终取决于科学技术的进步和科技成果的广泛应用，取决于劳动者素质的全面提高。这是马克思主义历来的观点。这是从实践中证明了的事实。现代科学技术的发展，使科学与生产的关系越来越密切。科学技术作为生产力，越来越显示出它的巨大作用。也就是说，同样数量的劳动力，在同样的时间里，可以生产出比过去多几十倍甚至几百倍的产品。社会生产力有这样巨大的发展，劳动生产率有这样大幅度的提高，靠的是什么？不就靠的是科学技术的力量吗？我们还拿侯天乐为例，他的人均收入之所以夺得全县第一，远远超出他的同行，妙就妙在‘科技’二字上。如果不是他的岳父传给他技术，而只是单一地去烧砖，他的收入也不会高。

“第二点，必须建设一支强大的科技队伍。根据你们公社的实际情况，需要从五个方面抓科技：一是就地学技术。无论什么样的技术，只要是本公社本大队已有的，又是急需要用的，就应当先学、先推广。二是抢救老技术。农村中的老艺人很多：如木匠、铁匠、画工、绣工等不下几十种，但因他们年老多病，多半行动不便，一不注意抢救，就会把艺术‘带’走，因而，必须抢救。三是请回技术员。听说你们公社有一部分技术员流落他乡，常年打工。应把他们请回来，在家乡创业。四是外出学技术。要选拔一批能人，外出取经，回来传授，努力发展新企业。五是要有独创精神。有些技术可以现成学，有些技术就得独创。拿荒山造林说，松树古来就是只长阴坡，不长阳坡，而路其昌却解决了这一问题，阴坡阳坡一样长。这说明，有些技术就必须去独创才行。

“第三点，必须加强党对科技工作的领导。你们西庄公社，已经进入一个新的发展时期，人们对科学技术的要求，将会越来越迫切。在这种情况下，我们党的工作重点、工作作风，就必须相应转变，就必须把科技工作放在重要位置：从党内到党外，从干部到群众，都应努力把科技工作搞上去。这中间，首先要强调党员干部，让他们都成为科技能手；特别是支部书记，更应成为科技示范户，给群众摆出一个好样板。”

大家原想，能把张书记请来，见见面，合个影，就都乐意了。想不到，张书记是为给我们送“科技”才肯来的。他把我们公社的脉搏摸透了，他送来的“科技”二字，正好是对症下药，又下在关键时刻。因而，他迫使着我们不得不把科技工作放在首位，去大抓特抓。

首先，我们举办培训班，壮大科技队伍。在一年之内，我们社、队两级就分别举办了30多期培训班。所请技术员或老师，不仅仅限于本队本社或本县，还要请到本地区或全省各地。如谷子如何种植，我们就请了省谷子研究所的研究员；如晋南的“闻喜饼”如何加工，我们就请来了闻喜县的师傅；林果业方面，如何防治病虫害，我们就请了长治市老顶山果树场的技术员……参加培训人数达到2000余人次。由于技术培训抓得紧，也推动了“两户”的发展。

其二，努力做工作，请回家乡艺人。我们初步统计，流落在异乡的能工巧匠达60多个，这是我们的人才，我们的力量，应当先发挥这个优势。只要我们努力做工作，就能够请回来。因而，在一年之内就请回30多个。他们一回来，就大显身手，创立新业，打入市场。如西庄大队，把在外30

多年的老艺人吴怀成动员回来后，就创办了一座紫砂厂。他曾在江苏省宜兴市紫砂厂学习过两年，他的技术很好，不仅可以生产出各色花盆与卫生设备等，还能够捏出艺术性很强的紫砂壶、紫砂杯、紫砂锅等20余种生活用品。这些产品一出厂就打响了，销得又快，价格又高，供不应求。填补了中国北方从无紫砂厂的空白。

第三，狠抓干部学科技，支部书记是重点。既是干部，就得先走一步。我们在要求“两委”干部都学科技的同时，特别强调了支部书记。打铁先要本身硬，支书必须超群众。我们专门考核了一下支书，多数支书还是有一定技术的。于是，我们就先抓少数，限期学技术，尽快摘掉无技术帽。这样一来，他们都急了，都是想办法，找门路，学技术。

张书记送给我们的“礼物”效果怎样呢？实践证明：科技是摇钱树，科技是聚宝盆，科技是活财神。就看你认识不认识，就看你敢抓不敢抓，就看你想富不想富。也就是说，如果你想富，就得敢去抓：大抓大富，小抓小富，不抓不富。

3. 努力挖掉穷根，预防上访告状

题 记

我初来西庄公社当书记时，告状人很多，到后来，慢慢就减少了。这是为什么？一句话：经济发展了。老百姓有吃、有住、有穿、有钱花，我们尽力把群众身边的问题、困难都解决了，群众还有什么气可生？还有什么状可告？上访告状这一问题，也就基本预防住了。

1983年底的一天，县委信访办主任李松田来了。

“稀罕呀！什么风把你吹来了？”我之所以这样说，是因为他是个大忙人，包括礼拜天，都是接待上访客人。从上午一直接待到下午不说，还得给各乡镇通电话，要他们来解决问题。我们集店乡离县城十里地，几乎是三天两头去领人。年底，信访办排队，我们乡的上访人数，不是第一，便是第二。李松田对我们乡印象最深。

然而，从1982年以来，我们乡上访告状人，却愈来愈少。到了1983年底，已没有一个人上访告状。这是为什么呢？这在李松田看来，确是一个谜。因而，他从百忙中挤出半天时间，专门上门来破解这个谜。

我很高兴地告诉他，冰冻三尺，非一日之寒。

事情，还得先从县委书记张维庆说起。

1981年4月的一天，不知为什么，上访告状人，一个上午就来了20多家。他们告状的形式是多种多样：

西庄大队一个青年，一进公社大院，就跪在当院喊：“老天爷呀！老天爷，给我说个公道吧！”

王家河大队一个青年妇女，头上顶着一碗晒干的稠饭，在大院里哭着说：“我男人打死我了，也没人管！”

就在这时，县委书记张维庆来了。他一见这个场面，就问：“这是怎么回事？为什么会成为这样？”

对于这一问题的回答，没等我开口，行政秘书关三魁就张口了，他说：“在这以前，尽管不断有人来告状，一天也不过两三家。从前天开始，就来了七八家，昨天就来了十多家……有人说，这是有人在背后策划的。说这是因为搞包产到户，伤害了一些人的利益，就用这种告状手段，想赶走梁书记……”

张书记听后，冷静了一下，首先对告状者说：“我是县委书记张维庆。梁忠文同志一定会给你们解决问题，请大家回去吧，现在正是春耕大忙季节，不要影响了生产。”这一说，就都稀稀拉拉地走开了。

回到办公室坐下来，张书记心平气和地说：“忠文同志，面对当前的告状情况，应当有个正确认识，正确对待，不要管他有无人策划。群众中有了问题，不策划，也要来告状；群众中没了问题，即便有人策划，也策划不起来。”

为了解决上访告状问题，张书记向我讲了十二个字：换位思考、登门拜访、狠挖穷根。

什么叫换位思考？就是站在对方的立场上，去看问题、想问题和解决问题。

什么叫登门拜访？就是来一个180度大转弯，走出官门，走进百姓家，去解决他们中的问题。

不过，换位思考，登门拜访，这只是缓解上访告状的一点做法。而要真正解决上访告状问题，那就要“狠挖穷根”。

为什么这样讲呢？可以说，绝大多数的问题，都是因为贫穷引起的。

西庄大队两兄弟闹分家，不就是因为一新一旧而产生的矛盾吗？如果有钱、有力量，推倒重建，一模一样，不就没气生了吗？王家河大队小两口生气闹离婚，不也是因为没钱吗？如果说，我们把这个穷根挖掉了，让老百姓都富起来了，应该解决的问题解决了，也就少有人告状了。

人，总是当局者迷，旁观者清。张书记这么一讲，就使我的思想观念有很大转变，就使我与告状者的位置能够交换。我召开党委会，讲了张书记的意见后，大家都感到张书记讲得对，讲得好，讲在了节骨眼上。都表示，从今以后，一定要扭正观点，端正思想，把落脚点落在群众身上，变群众上访为干部拜访。

我们的具体做法是：当、缓、挖。

当：当下能够处理的事，就当下处理。李掌大队两家争着一棵树，常年生气。经过协商，共同作价，卖于他人后，就不再生气了……类似这样的问题，仅用了三个月时间，就解决了 80 余起。

缓：当下不能处理的问题，就得缓期处理。比方，有人在河南打工，挣下钱，要不来，就得派专人下河南讨账。讨不来，就还得打官司。这就不是一时半晌能够解决的问题。因而，我们向老百姓公开承诺：一定要把问题处理好，给老百姓一个满意答复。

挖：就是挖穷根。这是个根本性问题，也是个长期性问题。但是，我们必须向群众交心、交底、交目标，让广大群众都知道，我们会大干快上，我们会搞翻身工程。

我们通过换位思考，登门拜访，深入群众中，尽力解决了群众的后顾之忧，大多数人不再东奔西跑来回告状了。告状人数大为减少，社会风气也大有好转。大都能够安下心来，积极参加生产了。这么一来，就给了我们一个“大干快上”发展经济的好机遇。这个好机遇，正好又遇了个好基础。这就是，1981 年初，张维庆书记就给我们指出：要我们先用一把黄土打天下，在全县先走一步，这是一步增加群众收入的好棋，我们已经起了步。

如今，又有了这么个安定团结的好机遇，实在是“人心齐，泰山移”。从1981年到1982年，经过两年的艰苦奋斗，就建成20座机砖厂。到1983年，这20座机砖厂，就产到上亿块砖，产值400万元。只这一项收入，就占到全乡总收入的70%。因而，1983年人均收入就达到290元，超过1981年人均收入70元的3倍。

随着农村土地的大改革，乡镇企业的大发展，“专业户”“重点户”的大产生，全乡吃、穿、住、行、用五方面，都得到了显著改善。

由于我们深入田间农户解决实际问题，大力发展经济，上访告状的人一年比一年少。1981年底，由上年的120户下降到60户；1982年底就下降到30户；到1983年底，只有几户上访，还都是在乡政府。

李松田主任听了这一番汇报后，深有感触地说：“我算明白了一个道理，千条万条，发展经济是第一条。大家都富起来了，也就很少有人上访了，上访告状这个问题，也就基本预防住了。”

4. 关心农村干部，解除后顾之忧

题 记

由于农村支书、主任（村长）、会计等村干部有相当多的精力是为集体，顾不上承包地及家里的日常事情，难免形成家庭经济困难，生活水平低于一般村民，必然要引起他们的顾虑，从而影响工作积极性。在这种情况下，作为乡一级领导，有必要采取有效措施，促使他们共同富裕。

1982年5月上旬，从李掌大队传来消息：支书崔松福的儿子，因开拖拉机翻车，不幸身亡。

我们党委成员立马就去看望。崔松福的一家哭成一团：不仅从精神上受到极大创伤，还因家里困难，一时无法安葬。全家七口人，子女多，劳力少，年年欠着大队粮款。一个10多年的支书，连自己的儿子都安葬不了，也真够困难了。这该怎样办呢？我们几个党委成员当下就给其凑出300元。同时，还让民政上救济了一部分，才算办了这件事。

从崔松福的家景，引起了我们的深思：我们千方百计创造条件发展经济，一心为着百姓富，这当然是最重要的。然而，却也不能只顾老百姓，忘了村干部。特别是支书、主任、会计，这三大主干，是农村中的脊梁官，是老百姓的领头人。我们在关心老百姓的同时，也应该去关心他们，爱护他们，解决他们的困难。

为了解决好这一问题，我们首先在全公社摸了一下底。14个大队中，就有8个大队支书属于困难户。三家村大队支书王保忠，在村边住着两串破土窑，连院墙都垒不起，夜里，常碰见狼。常平大队，在学大寨期间，还算是好的，一个劳动日能分到 0.8 元钱。然而，支书宋刘富仍是建不起个房子。全家 5 口人，住着两间破房，仅两张大床，就占去半个家。这种情况在当时就是现实。

那么，怎样来解决村干部的困难呢？我们召开党委会认真讨论，采用了这样三条办法：

一是努力发展经济，共同走向富裕。集店大队，一个劳动日达到 1 元钱，村干部与社员都建了新房，正是他们狠抓了经济发展的结果。事实教育了我们，使我们深深认识到，农村富起来了，不仅使广大老百姓能够过上好生活，村干部的生活也一样地会提高。

在我们狠抓农村经济发展的同时，为了让农村干部看到前途，看到目标，看到离职后能够得到生活保障，特地做了一个“农村离职干部享受生活补助费领取证”。证中主要规定有四项：一是享受工龄。从 1955 年算起，工作 10 年（不含间断时间），就可办理离职手续。二是享受标准。可将离职前 5 年，本村人均收入的平均水平为底线，逐年增加总享受额的 5%，从公益金中支出。支书享受 100%，主任 90%，会计 80%。三是享受加补。凡工作超出 10 年以上者，每超一年可加补总享受额的 5%。四是享受时间。从离职后的当年当月起执行，直至终生。

二是遇到好的机会，就输送给国家。国家机关，根据工作需要，总是在不断地吸收各类人才。一遇到这种机会，我们就积极推荐三大主干出去，成为国家工作人员。王家河大队主任吴松珍，科学种田很有经验，一块地能种出三种庄稼，号称三层楼，产值一亩顶二亩。经长治市委书记张正书参观后，表扬了他。于是，我们就积极推荐给县农业局，到晋庄公社当了农科员。原河口大队支书刘雪平，既会育苗，又会栽树，还会管理，我们就推荐给林业局，当了城关公社的林管员。闫家河大队的会计闫云山，是有名的好会计，我们就推荐给县企业管理局，当了企业管理员……我们曾先后推荐出 8 个人，都成为国家工作人员。

八年来，在我们的权限范围内，在我们力所能及的条件下，努力解决村干部的家庭困难。调动了他们的工作积极性，解决了后顾之忧，促使他们带领广大群众，风风雨雨，战天斗地，从而加快推动了全公社经济的大发展：全公社 3 700 户，户户落实了“吃、穿、住、行、用”五个字，成为全县最富的公社。

5. 推行三条做法，体现民主公平

题 记

在农村基层中， 如何体现民主作风？我的体验有三条：投票、上墙、抓“老阄”。比方选劳模，让举手表决，就是强迫；让人投票，就是民主。再比方分宅基地，由干部指定，就是主观；让人抓“老阄”，就是民主。实践证明，推行这三条做法，在农村中最得人心。

在农村中推行民主，按民主办事，细了不行，复杂了不行，咬文嚼字更不行；必须是粗线条来，土里土气来，才能够体现出农村中的民主作风。我们的具体做法有三条：一是投票，二是上墙，三是抓“老阄”。

投票

在农村中，有很多事情都应该实行民主，按民主办事。比方选代表，选劳模，选干部等，应该是投票选举才正规，才公正，才民主。然而，有些村就不是这样做，而是几个干部，捏弄一下，主观决定，指名道姓，让代表们举一下手就成了。这样一来，应该选的没选上，不该选的选上了。这种做法，谁敢说没有私情？谁敢说这就是公正？

为了扭转这种做法，我们坚决地推行了投票制。如 1985 秋后，县委决定召开劳模会，东关壁是个 300 多户的大村，分了一个劳模指标。支书赵月芳召开支委会，初步确定 ××× 出席。然而，召开村民代表会，一投票，就错位了，并不是原定的那个对象，而变成了杨志孝。杨志孝虽然是个非党人士，也不是什么村委干部，但他的事迹却很突出，他搞的一座50多人的耐火砖厂，年产值要占到全村总收入的30%。是一位深得民心的劳模。

上墙

多年来，我们发现农村中有很多事情，特别是群众最关心的财务问题，一直不能公开。其原因有多种：有的财务人员捣了鬼，怕露馅，不敢公布；有的财务人员嫌麻烦，图省事，不想公布；有的财务人员怕惹人，不愿公布；有的财务人员新上任，能力差，不会公布；有的财务人员记账不及时，手续拖拉，不能公布。凡此种种，都给贪污盗窃、多吃多占、超支挪用、胡支乱花和铺张浪费等做了掩护。

定期公布账目，有利于堵塞经济上的漏洞，有利于杜绝不合理的开支，有利于纠正账务差错，有利于密切干群关系。一句话，有利于调动广大群众的劳动积极性。因此，为了很好地解决这一问题，我们积极推行财务上墙的做法，使各村在村中显要位置的墙上，设置了村务公开栏——不仅仅是财务管理上要公开，村里的桩桩件件事情都要公开，都要接受广大群众的监督。

实行村务公开制度，就是要搞好民主管理，让群众当家作主；就是要强化对干部的监督和约束，促进干部的廉洁自律；就是要化解各种矛盾，凝聚人心，更好地推动农村两个文明建设。

在这方面，常平村搞得最好。他们不仅把应该上墙的事情上了墙，还编写了一本《村规民约》，把村里应办的大小事写进去，印成小册子，发给了村民。老百姓有了什么意见或建议，都可到村委会去修正、去落实。

抓“老阄”

农村中，有很多事情都是干部做决定，群众去执行。尽管干部们都打的是“公道”旗号，却难免有失公道。拿群众修房盖屋分宅基地来说，无论怎样分，群众都有意见，不是说干部偏向了谁，便是说干部捉弄了他……

1985 年春天，三家村有 8 户要建房，街面上只能建 3 户，背阴处就须建 5 户。可是，谁也不愿在背阴处。这要在过去是相当难办的。乡党委强调用抓“老阄”的办法，这一问题就解决了。尽管不是人人满意，但不会埋怨干部不公平。

实践证明，我们认真推行这三条后，切实解决了很多矛盾，促进了干群团结，推动了各项工作的开展。

取经篇

QUJINGPIAN

1. 从薛主任摔茶杯中，引出“民主”二字
2. 从关秘书交印中，引出“财管”二字
3. 从教育杨聚法中，引出一个“逼”字
4. 从选拔文盲支书中，引出一个“破”字
5. 从主任的调换中，引出“桃李”遍地开

1. 从薛主任摔茶杯中，引出“民主”二字

题 记

灯头照不着灯底黑，只有别人才能看清。在公社党委会上，薛天补主任为什么摔了茶杯？不正是因为我不民主而引起的吗？世界上就有这种巧事，正在这时，张维庆书记来信了，他正是在指点我如何当“班长”。这封信，使我受益匪浅。

1983年4月9日上午，我们召开公社党委会，研究绿化问题，主任薛天补首先提出一个问题，说有人向他推销树秧，是加拿大品种，一株只要0.3元。

这个问题一提出，我就首先反对。因为我知道，加拿大品种很不好，树长成后，心就烂了，是一种淘汰品种。薛天补一听就急了：“你为什么不同意？理由是甚？”

这时，薛天补红了眼，他不等我回答，就发牢骚：“你说包产到户好，咱就跟上你包，你说建机砖厂重要，咱就跟上你建……这工作，那工作，都是你一个人说了算，我还算个什么主任？”

我说：“这不是谁说了算的问题，这是要看对不对！”

“那好啦！谁也没有你说的对，就你一个人干吧！”薛天补说着，就将手中的喝水杯，狠狠摔在地上，气鼓鼓地走了。

薛主任生气走了，就只好休会。上任三年来，从未出现过这样的情况，而今出现了，又出在二把手身上，多么丢人！多么没面子！再说，薛天补

既然闹翻了，这疙瘩就不会马上解开。我感到这是他的错，自己是一把手，他是二把手，就应该服从我。

正在这时，通信员送来报纸，报纸中夹着给我的一封信，是从省政府来的，我猜想，很可能是张书记的信，打开一看，果然没错。这是张书记调走后，第一次来信。他在信中说："忠文同志，虽然离开壶关一年了，但心里总还想着你和天补的工作。你是个急脾气，他是个直脾气，遇到问题，互不让步，就要出矛盾……你是'班长'，当'班长'不容易。你要学会弹钢琴……人心齐，泰山才能移……一定要把改善群众生活当作'天责'去努力。"

张书记已经是副省长了，他的工作必然很忙。但是，在百忙中还要写信给我。这说明，张书记虽然调走了，但他的心，还在我们身上，还考虑着我们在工作中会不会出矛盾。因为他对我和薛天补的个性和脾气太了解了，一弄不好，就会出矛盾，一出矛盾就要影响工作。

在关键时刻，老领导能够来信指导，实在是太重要了。因而，我念着张书记的信，一句一句地与自己对照，反思自己平素的言行，这都与我的个性有关。其中，最明显的缺点有三：一是对待薛天补这个二把手重视不够，使用不当。研究一些重大事情，应当是一、二把手先通气，再往党委会上拿，而我往往是一下子就拿到了党委会上，搞成了一言堂或独角戏。三年来，一直是这样干的，而薛天补又一直是这样服从的。直到今天研究绿化问题，薛天补的脾气才爆发出来。这说明薛天补的忍耐性还是很强的，还是一直让着我的。二是用人渠道很狭窄。每天只是死死地用着几个人工作，使多数人成为自由兵，没有充分调动大多数同志的积极性。三是对同志们关心、爱护不够，思想工作不细，深入细致的思想工作做得更不够。

对照张书记的信，使我深深认识到：当班长很难，必须要充分发扬民主，要调动大家的工作积极性。

思想通了，就主动了。这天午饭后，我就亲自到闫家河村（本乡的一个村，薛的老婆是农村户口，临时落在这里）去找薛天补道歉。

他见我来了，就笑了：“梁书记，我是个直脾气，你又不是不知道，不要怪我。”

我们俩坐下来，你一言我一语地谈起来……

我用检讨的态度说：“主观主义、一言堂，已成为我的家常便饭。尤其是对你，很不尊重，很不礼貌！今天上午，我应该让你把话讲完，让大家先议一议，再讲我的看法才好。可是，你一说要购买加拿大树秧，我就马上就下结论，不够尊重你和大家。”

薛天补见我是向他做检讨，马上就解释：“我今天生气的原因是，有个人找我来推销加拿大树秧。因为价格很便宜，比长治市苗圃的树秧贱2角，约买30万株，就可省出6万元。我根本就不知道品种不好，当时我的话刚出口，大家还没有来得及讨论，你就否定了。一时间，我接受不了，就发了脾气。”

听薛天补这么一说，我完全理解了他的好意，他也是从工作出发的。

面对这一问题，我必须努力解决。尽管从表面上看，他已不再生气了，但并没有真正从思想上解决了问题。因而，必须首先得扭转薛天补的思想。为了让事实说话，我便领他到西庄村的田间路上去看。20年前，曾有人在这里提倡过加拿大树苗。西庄村推广得最早，一下就栽了两条路，约500多棵。如今成林了，树心却烂了……薛天补亲眼看到这个情况后，认为我的意见是对的，万不可再推广这种树。

这件事，从发生到解决，可以说，张书记的来信，如同及时雨，不仅“浇醒”了我的头脑，还促使我及早地解开了与薛天补之间的疙瘩。张书记在壶关，虽只工作了两年，但他对干部的观察与分析，却是那样的透彻与准确。他不仅要看一个人的素质、能力与政绩，还要看一个人的个性、脾气及处事。显然，他对我们两个的看法是准确的，他发来的信是非常有针对性的。

他已经是副省长了，在繁忙的工作中，还如此地关心我们，爱护我们，指导我们，我们哪能不感动呢？

在张书记的指点下，我召开党委会，对我在工作中存在的不民主问题，主动向大家作出检讨。并共同讨论了“六个尊重”，以此来体现民主作风。

一是要尊重群众的意见。老百姓最讲实话，最办实事，最有首创精神。党的路线、方针、政策等，都是来源于老百姓的实践。比方“包产到户”，并不是先由中央提出的，而是安徽省小岗村 18 户农民创出的。因此说，无论什么时候，都应尊重群众的意见。

二是要尊重村干部的意见。农村干部是中国最基层的干部。酸甜苦辣的味道，他们最清楚。他们是老百姓的贴心人，他们是老百姓的代言人。他们的意见最实际，最有分量，最有代表性。我们必须尊重他们的意见。

三是要尊重他人意见。我们应当认识到，有时，真理就掌握在少数人手里。

四是要加强集体领导。其一，凡要决定一些较大事情，或研究一些重要问题，就应该拿在党委会上，集体研究、共同讨论、畅所欲言、各抒已见。决不可一人说了算，去唱独角戏。其二，要拓宽用人渠道，用十根指头弹钢琴，充分发挥每个人的作用，做到量才使用，各显其能。其三，作为书记，应当学会谈心，经常与大家谈心。有什么思想，就交流什么思想，有什么问题，就解决什么问题。努力做到上下左右一股劲，民主作风大发扬。

五是要实事求是。什么叫实事求是？就是说，一切要从实际出发，求得正确结论；就是说，无论解决什么样的问题，都必须客观看，历史看，全面看，辩证看；就是说，无论办什么样的事，都必须做到一是一，二是二，不扩大，不缩小。只有这样，才能够做到公平、公正、合理，才能够取得民心、民意，也才能够充分体现出民主作风的大改变。

六是要认真调查研究。实践证明，搞好调查研究，有五大好处：一是能够促使人解放思想，敢于进行改革；二是能够拿到真枪实弹，掌握指导工作的主动权；三是能够公正处理问题，不会无故伤害一个好人；四是讲话有根有据，能够用事实教育人；五是有钱难买早知道，能够适应新形势的发展。因此说，调查研究很重要。作为党的领导，都应尊重调查研究，把调研结果拿在手上，去指导工作，去保证工作，从而实现自己的梦想。

张书记特别提出，要我学会当“班长”。他说，当公社书记，除了要有强烈的事业心和责任感、有全心全意为人民服务的公仆意识、有较强的理论水平外，关键是要提高领导能力和决策水平，带好一个“班子”，发挥好“一班人”的作用。只有这样，才能够充分地、更好地体现出民主。

遵照张书记的指点，为尽力当好“班长”，处处体现出民主作风，我为自己定出三条守则：

一是用人上，唯贤而不唯亲。要做到任人唯贤，首先要全面地、发展地看人、识人。选贤任能，要全面考察其德、才、学、识、能、绩，要以德为先，素质第一。要根据不同的岗位和工作需要，有所侧重，人尽其才。其次要识人所长，容人所短，不搞论资排辈和求全责备。

二是决策上，敢断而不武断。我在党委决策中，起着拍板定夺的作用。要保证决策的民主化和科学性，就要模范地坚持民主集中制原则，做到敢断而不武断。首先“班长”就是“班长”，要敢断。特别是在上级提出了原则性指导意见，又没有现成经验可供借鉴，或者是遇到棘手问题、敏感问题，需要个人承担风险时，更要敢于决断。在这种情况下，最需要“班长”给人以信心、鼓舞和力量。如果在决策上，今天也怕，明天也怕，今年也怕，明年也怕，怕这怕那，等你怕完了，时间过去了，机遇失去了，事业也就完了。哪里还能有什么作为呢？其次是不武断。“班长”不是“家长”，不能武断。一个人只有拿自己的弱点比人家的优点，拿自己的短处比人家的长处时，才会发现自己的差距，才会虚心听取和采纳别人的意见。因此在决策时，一定要鼓励大家敞开思想、畅所欲言；一定要力戒上情不知晓、下情不了解，别人意见听不进、集体智慧不采纳的盲目武断。

三是品格上，大度而不失度。不讲原则就没有战斗力，不讲感情就没有凝聚力。领导者要团结一班人同舟共济干事业，关键是要有大将风度，做到大度而不失度。因而，必须落实好五个字：一是诚，互相信任，不猜疑。彼此信任是合作共事的基础，肝胆相照是团结干事的条件，伪生疑，疑生忌，忌生疏。二是严，严以律己，不懈怠。领导者在品质上、作风上、工作上、生活上的模范行为和对自己的严格要求，易于形成一种非权力因素的影响力，不仅有利于树立领导者的威信，而且对下属、对“一班人”的行为都有很强的影响力和约束作用。三是宽，宽以待人，有了失误不指责。要区别界限，对班子成员和下属工作中的一般性错误和失误，要善意指出而不要恶意指责，能个别处理的不集体处理，能会下解决的不会上解决。四是帮，工作中互相帮助、相互支持、不拆台。五是爱，生活上互相关心，不冷漠。领导者，要主动关心同级及下级生活中存在的实际困难，使他们都感到温暖。总之，“班长”带班，既要讲原则，又要讲友谊；既要明职责，又要讲风格。要有宰相肚里能撑船的风度，有了成绩不争功，出了问题不诿过，发现失误不责备，容得下事，容得下人。只有这样，才会有吸引力、凝聚力和战斗力。

2. 从关秘书交印中，引出“财管”二字

题 记

全公社的财务开支比较混乱，存在不合理现象。一些人在外待了私客，也要来报销。加之公社主任不懂财务，常被人捉弄签字。这样一来，迫使着我们制订出一套行之有效的财务管理办法。

1981 年 6 月 9 日下午，我刚小睡起来，就听见楼下行政秘书关三魁与管委主任薛天补在吵嘴。关秘书一进我的办公室，就气呼呼地把手中的公章交在我手里，说：“梁书记，不能干了，你另选他人吧！”

“这是为什么？”我反问道。

“人家主任骂我是个 × 秘书，还怎样干哩？”他不等我再问，就提出要请假三天，说老婆有病。没等我回话，就转身下楼。

这到底是发生了什么事？为什么来得这样急？关秘书为什么交印？这问题，要想弄清楚，还得先从关秘书身上入手。

三天后，关秘书回来了。我叫他上楼来坐坐，他自然知道要说什么。他表现得很温和，一点气都没有了，他说：“老薛是个直脾气，我是个圪燎脾气，因为一件小事，就吵起来了。应当说是我的不对。”

我问：“什么小事？”

“屁大的小事，值不得一提！”

“多小的小事，说来听听！”我在追问他。

而他却是躲躲闪闪地老想回避。

他的行为，使我更加怀疑起来，这绝不是件小事。因而，我还是一再追问。

而他却自我检讨起来："梁书记，我错了，我不该与老薛吵嘴。把公章还给我吧，我今后一定会好好工作！"

他越是这样讲，我就越不能答复他。我说："你去想想再说吧！想通了，能把实话讲给我，咱再说工作。"

他不高兴地下了楼。

这天夜里，十点以后，关秘书上楼来了，他说他想通了，要向我说实话。

他说："我不愿向你讲，别的意思也没有，就怕一讲，引起书记与主任之间的矛盾，打起内战来，招下大麻烦。"

这时，我笑了："纸里哪能包住火？请你放心大胆地说吧，我不会与老薛打内战！"

他说："说就说，看来不说是不行了。首先应当肯定老薛是个好人。机关中的一些人，在外待了客，只要拿回饭条来，他都要给报销。他是从农业局出来的，农业局的一些人，说他升官了，要他请请客，他就在县招待所请。他也一样地开来饭条报销。今年 3 月一次，5 月一次，最近一次，每次都在百元以上。他以为，只要能开来饭条子，就都可以报销。实际上，他的饭条是不能报销的，因为他请的是私客，而不是公客。第一次来报销，我就想提出这一问题，但我忍了；第二次，我又忍了；这第三次，我不能忍了，我说：'薛主任，这种事不能再干了，你请的是私客……'他不等我把话说完，就生了气：'咋的？我堂堂一个主任，就不能待待私客吗？'我说：'哪里有这个规定？你找来我看看？'我这一说，他更急了：'你算老几？我还得给你找依据？当了个秘书，有多了不起！'当不了，可以不干！于是，我就来给你交印。"

关秘书接着讲："按说，我这就是狗咬耗子多管闲事，人家是主任，用不着我管。可是，梁书记呀，1964 年'四清'时，我正在晋庄公社当秘书，就因为待客买东西，开过白条子，‘四清’工作组就抓住这一点，整了我半个月，不但让我赔偿了500元钱，还给了我个双开除的处分。后来，经过重新落实，虽给恢复了工作，但却没有恢复党籍。我这是一朝被蛇咬，十年怕井绳。如今，一见老薛办这种事，就投着了我的病。人心都是一样的，尽管这是他的事，我也怕他受蛇咬。”

机关财务的混乱，党委秘书申玉祥早已看在眼里记在心头。他早就想讲给我，然而，却是一拖再拖，一忍再忍。直到关秘书开了这个头，他才肯向我讲。他说：“关秘书向你讲了个吃饭问题，这只是个小问题。还有个大问题，就是乱花钱的问题，这个问题又表现在会计上，凡是对口拨来的款，大都成了分管者的权利。比方社会救济款，就是由分管副主任说了算，他让给谁多少，就给谁多少。这样一来，财务这个大问题就乱了。尤其是改革开放以来，党中央的政策一直是倾斜着农村，下拨的款项很多，有造林款、造地款、修路款、兴修水利款、社会救济款等等，要有十多项。这些款，如果管理不好，使用不当，就要出问题，就要造成铺张浪费，甚至贪污腐败。从眼下看，已经形成了‘四多、两少、一乱批’的现象。‘四多’是欠账多、欠条多、饭条多、垫支多，‘两少’是清账少、兑现少，‘一乱批’是：乱批准。”

因此，申秘书说：“我再也不能忍下去了，不得不向你反映了。大家都知道，你是去年秋天才来的，你对工作抓得很紧，你一发现全公社老百姓吃无吃，喝无喝，你就大胆地来了个包产到户，在努力解决老百姓吃饭问题的同时，你又去抓社队企业的发展，解决老百姓的花钱问题，这当然是好的，这是众所周知的。我要说的是你的缺点，你是只管三尺门外，不管三尺门里。只管老百姓的事情，不管机关中的问题。你应该是在管好面上工作的同时，也应该管管机关内部的事情。特别是财务问题，你是既不管，也不问，你把财务大权都放给了主任。对不对？也对，也不对。老薛是个有名的农艺师，你要他管农业，应该说是没问题的。你要让他管财务，恐怕就不行了。可以说，他是个门外汉，一窍不通。所以说，对于财务问题，应当引起你的高度重视，万万不可顾此失彼，乱了经济。你就是再忙再累，也得挤出时间来，亲自管管财务。”

关秘书的一番诉说，已经使我清醒；申秘书的一席长谈，更给我敲响了警钟。

看来，不能再拖了，应该解决这一问题了。那么，怎样才能够解决好呢？其关键的人物是老薛。他既是二把手，又主管财务，只要把他的问题解决了，就都好办了。

要想解决老薛的问题，首先就得解决好他与关秘书之间的矛盾，就得确认私客公待是错误的，就得退回招待所的饭条钱……如果照此意见去处理，老薛就会翻了脸，矛盾就会更加深。尤其，我与老薛又是一般大的干部，我根本无权批评人家。这样一来，必然要造成工作上的困难。因此说，这一问题是相当难解决的。眼下，关秘书的意见、私客公待问题，我暂时先不提。

然而，这世界上的事情，谁也估不透。我万万没有想到，老薛竟来了个180度的大转弯。他主动走上楼来，伸出手来，递给我几张人民币说：“给你，这是300元钱。”

“这是什么意思？”我反问道。

他问：“关秘书就没有对你说吗？”

我答：“说什么？人家什么也没说呀？”

“那么，他交印，说不干了，是因为啥？”

“那天，人家放下印，当即就请了三天假，回家了。回来，就主动来要印，只是说了一句我错了。什么错？什么错？……”我再三追问人家，人家也不说，只是笑了笑，就下楼了。

老薛是个直性人，也是个诚实人，他就从头至尾讲了这件事。他讲的和关秘书讲的一模一样。最后，他说：“应当肯定，关秘书是个好人。灯不明只怕一拨，他与我一吵，就把我吵醒了。我这种私客公待的做法，完全是错误的。小洞不堵，必遭大灾。照此发展下去，必然要犯错误，甚至还会犯大错误。因此，必须改，坚决改，马上改。我在县招待所招待过三次客人，共花去 300 元。现交给你，由你从关秘书那里抽回我的饭条比较好！”

这时，我说：“老薛，这件事，已经成了这样，就以‘公待’算了，不要再纠缠这件事了。再说，咱俩的工资一样，都是 57.5 元。退出这 300 元，等于半年工资，太厉害了。”

这时，老薛笑了：“梁书记，你也在门缝看我吗？别说半年工资，就是一年工资，也得退。如果不退，就等于我的脸上长起一个黑痣，一辈子也洗不掉。因此，你必须帮我割掉这个黑痣。这样做的好处是，你既是纠错者，又是见证人，还能给我树威信。以前我虽给一些人批过条子，但总的感觉都是对的。比方说饭条，大都附有花名及理由等。再说，我是个粗人，老粗打不了细家伙，让我管管农业还将就，管财务就不行了，希望把财务调给别的领导为好。”

老薛的一番话，完全回答了我所想的问题。我想不到，老薛变得这样快，这样好。这个时候，再来讲关秘书，他就不生气了。于是我便说：“你可能不知道，关秘书在晋庄公社工作时，就曾经吃过这方面的亏。一朝被蛇咬，十年怕井绳。他也一样地怕蛇咬别人。再下来，关于你提出调换他人管财务问题，还是不调为好。你是公社主任，就应该你管，应该实行一支笔。但是，咱们必须制定一套行之有效的管理办法。”

于是，我便召开党委会，让大家来讨论财务管理问题。这一来，引起了大家的高度重视，都说没有规矩不成方圆，缺少制度就要乱场。因此，大家共同讨论了九条制度。其中有三条是关键：其一，充分发挥分管者的主观能动性。凡上面拨来的款或下层收来的钱，如何支出，均由分管者本着节约每一个铜板的精神，拿出支出意见。其二，凡支出百元以下者，可由主任直接签字；凡支出百元以上至500元者，可由公社管委领导成员三人以上通过后，主任签字；凡支出500元以上者，可由党委会研究后，主任签字。其三，凡签字后，均由党委书记进行审查。党委书记有权改动，有权取消。

在此基础上，根据各自意愿，重新进行了分工。从此，财务管理走上了正轨，所办事情大得人心。拿改造学校说，县教育系统拨下修缮费8000元，分管副主任刘富果不愿将这笔款“撒了胡椒面”，就建议将这笔款全部花在集店大队。其理由：一是应在公社所在地摆出一个好样板，以便全公社学习；二是集店大队的经济基础虽然还薄弱，但他们有机砖。我们可以来个民办公助，由他们建屋墙，我们管房顶。据测算，一间房顶，需投资250元，这8000元，能管32间房顶。于是，党委会就同意了刘富果的意见。这样一来，不到三个月，一所崭新的小学就建成了。都说这件事办得好，这笔钱花得对。

3. 从教育杨聚法中，引出一个“逼”字

题 记

杨聚法回村当支书，一年多时间，也不见变化。我们曾多次同他谈过话，也不起作用。在这种情况下，我们就破格让他参加了公社党委的生活会。会上，经过大家认真的批评教育后，就把他“逼上梁山”。由他亲自出面，请来名师，创建了一个琉璃瓦厂。

实行包产到户，解决了群众的吃饭问题后，随之而来的一个新问题，就是发展乡镇企业，解决群众的花钱问题。

全公社 14 个大队，大都能够跟上时代步伐，积极发展企业，尽快增加收入，满足群众所需。唯有东关壁大队的企业上不去，还是看摊守业，固步自封。在这种情况下，我们便于 1982 年 5 月将原支书调整，新换了杨聚法。

杨聚法就是东关壁大队人。过去是一个很能干的人，社办机砖厂就是他克服种种困难，一手创建起来的。公社建大楼，用了 100 多万砖，就是他做的贡献。党委成员们一致感到，杨聚法回大队后，一定会创出一番新事业。

然而，杨聚法回去后工作效果并不理想，很“漂浮”。他爱人在县食品加工厂当工人，他们两个孩子又都在县城念书。家里只剩他一个人，就变成个跑堂生，晚饭、早饭在县吃，午饭才在大队吃。他嫌做饭麻烦，就常吃方便面。因而，村里人都叫他“方便面支书”。尤其，东关壁离县城

20 里地，上午来，下午走，把大半时间，都消耗在路上，遇到阴天下雨或下雪，就不回大队了。长此以往，哪里还顾得上工作呢？回大队一年多了，什么变化也没有。这中间，上至书记下至包村干部，都曾向他提出过多次批评，但都作用不大。

东关壁大队的问题如何解决呢？党委成员们专门坐下来讨论了一番：杨聚法如果一直不工作，就得重新调换。然而，我却认为杨聚法并不是个无能力的人，而是个干不干的问题。对于他，决不可随意调换，不负责任，而是应该从思想上去解决问题。他不干的原因是，还没有换了思想，还没有把心安在大队里。因为砖厂工作与农村不同，砖厂属于工厂性质，有灶房、有宿舍、有拖拉机，吃、住、行都方便。

那么，怎样才能让他把心安下来呢？就在这时，我想起了党的生活会，必须在党内开展批评与自我批评，才能解决问题。可是，这个生活会，开在村里，就开不成，因为他是支书，谁会真枪实弹对他进行批评呢？那么，开在哪里才最有效呢？当然是开在公社党委的组织生活会上才最有效。可是，他只是个农村支书，又不是党委成员，能让他参加吗？然而，应当看到，当今社会，是解放思想的社会，是改革开放的时代，有啥不能呢？应当破开这个框框，来个新做法。

我把这一想法向党委成员们提出后，都说可以，完全可以。都是党员，又都是社队两级，不需要讲形式，而应讲效果，哪种办法能解决了问题，就用哪种办法。

于是，我们就让杨聚法参加了公社党委的组织生活会。会上，我先带头检查，让大家帮。我们基本上是轮大排小往下进行的，杨聚法自然就在最后。

杨聚法的检查，既不深刻，也不上纲，只是浮皮潦草地说了说。面对这种态度，必须认真对待，积极帮助。我首先带头发言，一针见血地指出了他的缺点。接着是社主任的发言……七个党委成员，就有六个开了口。

因而，批评得杨聚法脸黑了，眼红了，头上冒汗了。他的两只手握成拳头，狠狠地擂着桌子说："人有脸，树有皮，说改就要改，我不能再当'跑堂官'和'方便面文书'了。大家可以看着我，我非干出一番事业来不可。"

显然，从他身上引出一个"逼"字，把他"逼上梁山"了。他迈开双脚，从村里到村外，从山上到山下，转了不知多少遍，终于转出个名堂来。这就是，在村南的半山腰里有白坩土、高岭土等，是烧缸、烧盆、烧瓦等的好原料。然而，这些产品到处都有，已经饱和，必须产出一种新产品，才有生命力。就在这时，杨聚法突然想到一种新产品，就是琉璃瓦。这是因为，他们大队依着长治市的风景区老顶山。一天，他到老顶山去，发现老顶山建设着一座新庙，所用琉璃瓦，全是从外地购来的，价格又贵又难买，上党地区是买不到的。

于是，杨聚法就下定决心要搞琉璃瓦。这是一项艺术性很强的产品，必须请名师才能生产。可是，这名师在哪里呢？有人告诉他，在周边是请不到的。要请，就得到阳城。听说阳城县过去产过琉璃瓦，那里一定会有名师。这里离阳城虽有 300 里地，杨聚法也要去。他是个说风就是雨的人，立刻就动身了。

他乘车走了 300 里地，先到阳城县打听。有人告诉他，确实有个名师。还得步行 100 里地，到某一个小山村，才能够找到这个人。步行就步行，求师是关键。不要说是 100 里地，就是 1000 里地也要去。然而，他没有想到步行应该穿布鞋，而他却穿的是皮鞋。穿皮鞋走长途，困难很大，脚板上尽磨得是大血泡。他从早上动身，不到天黑，就找到了这位师傅。师傅虽然 80 多岁了，身体又不好，但见杨聚法是个热心人，跑了 400 里地来请他，就感动了，说什么也要跟他来。

请来师傅后，他一下就组织起 40 个人一起学。学了两个月，杨聚法首先就学成了。于是就开办了一座 80 余人的琉璃瓦厂。产品一出，销路很好，利润也高。不仅销在本地及本省，还销往河南、河北等地。全厂 80

余人，当年人均收入就达到450元，超过上年的三倍。

有了一定的经济基础，接着，杨聚法就在村东选址，要建一个机砖厂。同时，还打算建一个石料厂，力争三年成为全乡的先进村。

实践证明：党的组织生活会，是换心不换人的妙手术，是开创事业的催化剂，是熏陶人转变思想的灵丹妙药。

从此，我们党委就形成一条制度：凡是某大队支书有问题，无法解决者，我们就让其列席公社党委的组织生活会。

4. 从选拔文盲支书中，引出一个“破”字

题 记

东长井村连续换了三任支书，都没有把工作搞起来。面对这一问题，乡党委充分发扬民主，破格选拔文盲崔秀生当支书，上台不到三年，就把个穷村搞富了。实践证明，只有不拘一格选人才，才能选准人才。

1983年春天的一个晚上，时针已指向12点，我已睡下了。就在这时，电话铃响了，我爬起来一接，是县委办通知：要我立马去聂书记办公室，说有要事。显然，事情很急。于是，我赶忙起来，就蹬车而去。幸好下弦的月亮已经升起，还能够看清道路。

一

我们乡离县城不过10里地，半个小时就到了县委机关。我刚上二楼，就听见聂书记办公室里乱吵吵的，我推门一进，争吵声就停止了。聂书记见我来了，就严肃地说：“忠文同志，请你看看，这些都是什么人？”

我细细一看，大都是县委、县政府两个机关的司机，不知道这是什么意思。

聂书记接着说：“他们都是来告你的状的。因为你们乡出了个‘景阳岗’，景阳岗上的老虎，吃得路绝人稀。”

这话，把我说糊涂了，一时间理解不了，司机申书高就开口了，经他

一说，才知事情是这样：我们乡的东长井村，正处在三岔路口，壶关、平顺两县通往长治市的车，都要经过这里。近一段来，差不多每天夜里，都出现蒙面人，在这里劫车要钱，不留下买路钱，就不能过去，如要硬过，就要用石头砸车。弄得司机们每开到这里，就得开快车。尤其是今夜，三辆车往长治送客人，返回这里时，因车飞快，蒙面人来不及劫车，就扔石头，幸亏都是北京吉普（有布棚），若是玻璃壳车，早被砸碎了。因而，两个机关的司机气得不行，就直接来找聂书记告状。他们老早就叫东长井是“景阳岗”。

这时，聂书记问：“忠文，你到底知道不知道这件事？”

我哪敢说个不知道呢？早在前年春天，就有人向我反映过。特别是申纪兰（全国劳模）的车，有一夜，就曾有人劫住过，一看是申纪兰，就悄悄溜走了。

聂书记又问：“两年前就知道了，为什么不制止？”

我哪能不制止呢！就因为这件事，我曾换过两任支书。他们虽都努过力，公安局也曾抓过两个。然而，始终没有从根本上解决问题。先后的两任支书，都是自动辞职的。到目前，还没有支书。

这时，聂书记有点生气说：“忠文同志，你在咱们县是响当当的书记。为什么在处理东长井这个问题上，就措施不力呢？我看，关键的一条，还是没有选准人才，希望能够在短时间内，解决好这一问题。”

二

东长井的问题，一直不能得到解决，根源还是在用人上。于是，我召开了党委扩大会，把东长井的问题摆出来，要求大家充分发扬民主，集体研究解决东长井的办法。问题的关键是选支书。

第一个发言人是副乡长申八斤。他说：“我是个粗人，常好‘放野炮’。

我要说的还是崔秀生，这是第三次提出来了。第一次我提出崔秀生可以作为人选时，你梁书记一听就笑了。你说我说的是笑话，崔秀生是个大文盲，斗大字不识几个，像这样的人，要放在30年前解放初期，完全可以。如今，大专生处处有，文化人多得很，哪里还敢再选文盲支书？你这一说，我红了脸，不敢再往下说了。第二次，还是在为东长井选支书时，我刚提出崔秀生的名字，你就堵住了我的嘴，你反倒提出三个条件：一是素质好，二是年龄小，三是有文凭。尽管是这样，你也讲得不全面，丢了‘政绩’这一条。如今，你又提出东长井的支书问题，我还说的是崔秀生。从我的实践中看，大学生也不一定能当好支书，而文盲也不一定就当不好。要知道，咱这是农村呀，不能死抠住‘文凭’二字不放。”

第二个发言的是乡长王胖松，他说：“在选拔农村干部中，也不应该死抠年龄，就是大一点，也不是问题，关键是两条，一是素质，二是政绩。光有素质而没有政绩，就不是好干部。光有政绩而没有素质，也不是好干部。据我所知，崔秀生是既有政绩，更有能力。当初吃大锅饭时，崔秀生是一队队长。别的队一个劳动日是5角钱，而一队却是1元钱。因此说，我们应当破格选才，再不能死抠文凭了。”

第三个发言的是女副乡长刘富果。她说：“崔秀生还是个很有魄力的人。当队长那会儿，在发展集体经济，提高村民收入上很有作为。实践证明，他是个出色的人才。”

最后，党委秘书申玉祥说：“崔秀生虽是个文盲，要我说，比大学生还强呢！崔秀生的脑子像个收录机，无论开会讲话或学文件，只要你能发出声来，他就能收进脑子里，过耳不忘。”“收录机”三个字，把大家说笑了。

通过大家讨论，一致通过崔秀生当支书。

崔秀生上任后，乡党委要求的第一件事，就是解决“景阳岗”的问题。在崔秀生说来，解决“景阳岗”问题与发展经济是一致的。为什么这样讲呢？崔秀生是个爱动脑筋的人。他认为，青年人一再闹事，是有根本原因的，是“穷”“闲”两个字闹的。因为穷，他们就要想办法找钱，有的人就用了这种违法手段；因为闲，没事干，他们就要无事生非。如把这两个字解决了，“景阳岗”的问题也就解决了。解决了青年人的问题，也就把大多数人的问题解决了。

首先说，对于解决青年人的问题，应采取大禹治水的疏导办法，必须以情感人，以理服人，用事实教育人；必须发展生产，发家致富，从根本上解决穷的问题。

崔秀生过去当队长，只想着一个队的事，只想着100多口人如何富起来；如今当了支书，成了一村之长，就得管起全村来，把心操在600多口人的身上。因而，他就像一个医生，他要好好地把把东长井的脉。他迈开双脚，从村里到村外，从山上到山下，从村东到村西，从村南到村北，他细细观察着，细细思考着，很快有了思路。村北靠着一座山，山上的石头好，可开石料厂；村南是一马大平川，川边沿着石子河，最适宜建设机砖厂；村东有个大山凹，有红土、有铁矿……是开办小水泥厂的好地方；特别是村西，离长治市不到10公里，居高临下，还靠着长壶一级公路，搞运输是得天独厚的优势。他感到东长井不是没前途，而是前途很大，他的心里已绘出一幅治穷致富的蓝图。

乡党委要求先解决青年人闹事的问题，他心里已有了充足内容。于是，便召开了一个男青年座谈会（因为女青年没闹过事），一共来了30多人。

他宣布开会了。说他是个大老粗，却又粗中有细，还能把话说活，他说：“咱是个大老粗，却又要让咱当支书，咱能当了吗？可是一想到咱们这伙小兄弟们，这劲就来了，大家如能支持我，我就敢当当这支书！也许会当好。我问大家一声，支不支持我？”

“支持，支持。”大家都笑着支应。

“既是这样，就好办了。我要向大家讲讲我的心里话。”于是，他把想法说了一番后，对大家鼓舞很大。大家都高兴地说："崔哥，只要你说的能行，我们保证跟着你干！"

他向大家表了个态：从现在起，不出三个月，就保证大家有活干，能挣钱。如果大家支持我当上三年支书，我就会落实我所绘的蓝图。到那时，就会出现"三大件"与"三大变"。"三大件"：一户一个收音机，两户一架缝纫机，三户一台洗衣机。"三大变"：一是人均收入变，在去年120元的基础上，达到240元，翻一番；二是住房变，让60%农户住新房；三是交通工具变，一户一辆小平车，两户一辆自行车，三户一辆拖拉机。

大家笑着说："崔哥，你想得倒是好，就怕三年办不到！"

崔秀生说："只要大家听我的话，叫干啥就干啥，就一定能够达到。"

大家齐声说："听听听！"

崔秀生说："还得说三条，要大家听。第一条，从今以后，再不到三岔路口蒙面闹事。要给咱们村长脸，创造一个平安村，推倒'景阳岗'这个坏名声。第二条，在生产中要服从命令听指挥，叫干甚干甚。第三条，都要积极学技术，靠技术挣钱。"

尽管是这样，崔秀生还有点不放心，特别是第一条，这是关键的一条。因而，从当天夜里起，崔秀生就独自一人，隐蔽在三岔路口监督。他一连监督了半个月，未见一人出动，他才打消了这个顾虑。

从此，崔秀生迈开大步，一连走胜三步棋：第一步棋，先在村南建起一座机砖厂，上劳力80个，年产机砖500万块，产值20万元。第二步棋，以马书明为首，集资50万元，在村东山凹里建起一座年产万吨的小水泥厂，上劳力50个，年产值15万元。第三步棋，以户联合，在山坡上建起一座石料厂，上劳力20个，年产值5万元。

这样一来，三项企业的发展，就用去劳动力150个，把男女闲散劳力都用了。

这样一来，劳动日价值，一年比一年高。三年间，由1元增至2.5元。

全村人均收入由 400 元增至 1000 元。

这样一来，全村出现了“三大变”：一是每户有辆自行车，出门行走不费力；二是五户就有一台拖拉机，保证了全村的耕地与运输；三是 60% 的农户，都建了新房，促进了本村的建设。

从结果看，崔秀生的作为深得群众好评。我也没想到，一个文盲支书，竟是一位杰出人才。这说明，在选才方面，绝不可教条主义，死搬硬套；应当发扬民主，破格选才！

5. 从主任的调换中，引出“桃李”遍地开

题　记

作为一把手，凡在你手下工作的，就必须关心他们，爱护他们。特别是对待他们的前途，该提拔就提拔，该推荐就推荐，应当是一汪活水。只有这样，才会人才脱颖而出，桃李遍地开。

1981年1月6日上午，县委办通知我，到张书记办公室一趟，有要事。

到了县委，经张书记一说，果真是要事：要为我调换公社主任，把老主任刘书田调走，把年轻的薛天补调来。他说，薛天补是山西农大毕业的，全县有名的农艺师，又年轻，又能干，能给你当个好助手。对他已经考察过了，如你同意，就上常委会。如不同意，就以后再说。

然而，我觉得我刚调来几个月，工作还很生，还是不换为好。一则，刘书田是个老同志，工作踏实、认真，靠得住；二则，他已在这里工作了七八年，这里的情况特别熟悉，能帮我尽快了解这里的情况，尽快地开展工作。

张书记却说，既要看到好的一面，还要看到差的一面。一个人，在一个地方住得时间长了，就会变腻，就会消沉，就会失去生机。如果换一个地方，环境改变了，人员更新了，新的朝气就又来了。特别是年轻人，更会鼓足勇气，拼命工作，来创一番事业。然而，应该清楚，书记、主任，如同夫妻，说得着，合得来，才能往一处走。否则，是不能硬凑的。所谓“流水不腐，户枢不蠹”。

我把张书记这八个字，牢牢记在心里，经过琢磨，终于想通：第一，人员流动，改变环境，能够调动人的积极性。俗话说，人穷志不穷，烧土离坡红。在这个地方不行了，另换一个地方，就会另变新人。第二，新人新地，新位置，能够增强人的上进心。常言道，树移死，人移活，长期不变，就难活。也就是说，铁打衙门流水官，人来人往应常换。该走就得走，该来就应来。

因而，使我在张书记“流水不腐，户枢不蠹”这八个字的引导下，写下这样十六个字：

人才流动，活力无穷。来者欢迎，走者欢送。

于是，我便向张书记回话，积极欢迎薛天补来。

从此，我们的大门敞开了：愿来者就来，热烈欢迎；愿走者就走，积极欢送。

一天，我的一位老朋友常福珍（晋庄镇医院院长）来了。十多年不见，他来干什么？经他一说，才知事情是这样：晋庄镇的武装部长李来增，在那里一连工作了十多年，工作很不错，就是未提拔，连个副科级（当时的武装部长只是个一般干部）也未提过。因而，就想另选“婆家”，想来我们乡工作。我们乡现在的武装部长已经到龄，本人早就提出要转业。于是，我经过向县委组织部及武装部请示后，很快就把李来增调来了。

五龙山乡地处在一座孤山上，交通十分不便。县委行政秘书徐玉明母亲去世后，家里只剩下老父亲一人，又常年有病，应该常回家看看。然而，他回一趟家，却很费劲。因而，早在三年前，他就向领导请示，想来我们集店乡工作。因为我们乡离他家很近。从乡里乘车到他家，用不了两个小时就到了。

徐玉明跟我们乡的副书记平建国很熟悉。于是，他就托平建国向我推荐他。正好我们乡的党委成员、党委秘书申立祥要退休，让他担任这个职务，也等于上个小台阶。

黄山乡副乡长徐福生，听说我们乡缺一个副乡长，就托原黄山乡党委书记赵金书来推荐，我听说他工作能力强，便同意调入。

八年间，经我亲手接收的干部、职工等，共计 32 名。

凡是积极主动想来这里工作的人，主观上都会努力发挥自己的聪明才智，都会努力做出成绩，用事实来证明。对于用人，我们的体会有三：

一是精心培养，大胆使用。无论哪个人，只要来到这里，就得精心培养，逐步提高，尽快成才，大胆使用。比如李来增，提成副书记，因为文化程度低，写不了讲话稿，我就让农科员王震给他写。他讲不好话，我就让他背下来。在大会上讲话时，我总是紧紧地靠着他，鼓励他，让他放开胆子讲，他终于成为一个好领导。

对身边的工作人员，通过工作交往，我们会比较了解，经实际锻炼，确实有能力的，要大胆使用。

对于本地成才的人，我们总是就地推荐提拔。比如，乡长薛天补调走后，我们立马推荐副书记王胖松当乡长，李来增当副书记；王胖松调走后，我们又推荐李来增当乡长，李范珍为副书记；李来增调走后，我们又推荐李范珍为乡长，平建国为副书记。县委决定每乡要配备一名纪检书记，我们就马上推荐了党委秘书徐玉明。然而，在徐玉明身上，却费了大力气。我们向县委写了推荐请示后，不知为什么，三个月时间，都没批下来。就在这时，我的工作调走了。于是，我就一直找县委，找组织部，还直接找县纪委书记李存福。我一连找了八个月，终于成功。县委组织部专管干部的副部长李师忠说：“老梁，你这个人真特殊。离开集店乡八个月了，还关心徐玉明的成长。遇上你这样的领导，也算交了好运。”

二是主动推荐，积极欢送。凡是素质好，有政绩，又能干，已具备了领导才能的人，我们总是主动推荐，积极欢送。薛天补是全县有名的农艺师，已在这里发挥了作用。我们就主动推荐他，当了川房乡书记。乡长王胖松，工作有魄力，有政绩，县委副书记张召祥建议县委让王胖松到辛村乡任书记，我们就更是积极推荐……

为了改变山区面貌，县委要选拔一位年轻乡长到五龙山乡任书记，我们就主动推荐了李来增。上任这天，我们不仅组织乡村两级干部热烈欢送，还让全体党委成员一起去送他。临回时，还把我们乡的吉普车留下，让李来增同志用了一个月，跑遍了全乡的 23 个山村。五龙山乡的人们说："李书记，你不简单，你有一个好娘家……"

县委有关部门，要挑选文墨人才。我们乡的通信员杨建龙文笔好，我们就将其推荐到县委农工部当了干事。

三是如若平调，建议在先。我们推荐归推荐，并不是推荐一个，就能提拔一个。也有平调的时候。然而，我们却要先提出建议，而后争取落实。比方，县委为了推动辛村乡的乡镇企业，就要平调我们乡的副书记赵德芳。我们说，赵德芳是个当一把手的材料，要调就应该安排书记。县委书记说："你们的意见会尊重的。但是，必须过度一下再提拔。"在辛村这一年中，赵德芳充分发挥自己的能力，很快就把全乡 12 个村的企业搞上去了。年底，全县还重点参观了那里。因而，来年一开春，就提拔赵德芳为鹅屋乡书记。再比如，壶关的计划生育上不去，是全长治市的倒数第三名。我们就主动向县委推荐我们乡的副乡长李全花到县计生委任副主任。李全花上任不到两年，壶关的计划生育就成为全长治市的第三名。

八年间，经过我亲手接纳、培养、提拔、推荐及输送等，共计 26 名干部（占接纳总数 32 名的 80%）。他们都走向县级机关单位及乡镇。特别是乡镇一级，全县的 20 个乡镇中，就有 16 个乡镇中曾经有过集店乡的干部。光赵德芳一个人，就在辛村、鹅屋、柏林、城关等四个乡镇工作过。

他们在各个岗位上，都是努力奋进，健康成长。不少人都成为领导骨干及帅才，都在充分发挥着自己的聪明才智和正能量。可以说，他们是走在哪里，红在哪里。正像春天的桃李一样，火红花儿遍地开。

榜样篇

BANGYANGPIAN

1. 全国“两户”发展的领头人秦嫦娥
2. 全国“双拥”模范侯天乐
3. 全国造林专业户的创始人路其昌
4. 优秀党支部书记宋刘富
5. 敢于干大事的“神人”刘有根
6. 大能人吴贵书

1. 全国“两户”发展的领头人秦嫦娥

题 记

在三中全会前，秦嫦娥就解放思想，大办家庭副业，创出了一条致富路。县委书记张维庆为了推广经验，鼓励大家很好地学习她，便在全县推出六个“给”字。她的事迹登上《人民日报》后，全国不少地方来人向她学习。当年，她成为全国“三八”红旗手。

1981 年 3 月 9 日早上，我给张维庆书记打了个电话，说有件要事，想向他汇报一下，望他能够来一趟。

我是个急脾气，遇着事情，心就发急，早上生心，等不到黄昏。这是因为，昨天上午，公社召开了个“三八”妇女节座谈会。会上，有人讲了一个“嫦娥奔月”的故事。说集店大队有个妇女叫秦嫦娥，男人在县工商局工作，她一人在家带着三个孩子务农。她既要到队里参加劳动，还要挤时间搞家庭副业：每年投工 250 余个，还养蜂 20 箱，年产蜂蜜 800 斤，收入 1200 元；年喂猪 2 头，收入 200 元；养鸡 20 只，产蛋 100 斤，又是 100 余元……总共算下来，一年要收入 2100 元，全家人均 520 余元。超过本大队人均收入 80 元的六倍。因此，全家人穿得好，吃得好，住得好。他们家的生活如同到了“天堂”，人们都说是“嫦娥奔到月亮上了”。

我们公社几个领导听到这一消息后，都非常高兴。在目前情况下，能够捧出这样一个样板，正好为我们的社员引出一条致富路。为了尽快推广她的做法， 我们几个有关人员，当天下午就去拜访了她。

事情往往不由人所想，我们是抱着热情态度去访问的，但却想不到吃了“闭门羹”。秦嫦娥对我们的想法很反感，她说：“你们要学我，就是害我，绝对不能学我！”

面对这种情况，我们犯了难。秦嫦娥是个好典型，应该学，可是，人家就是不让学，这该怎么办呢？我们召开了党委会，要大家讨论。大家说，这和去年搞包产到户是两码事，那是一个整体，是党组织所领导的，说变就能变。而今，是人家一户，人家不同意学，就不能硬学。再说，群众思想通不通、敢不敢学也是个问题，大家讨论来，讨论去，最后意见是请示张书记。

张书记接了电话，不到半个小时就来了。当我们把“嫦娥奔月”的故事讲出后，张书记当即就提出要去看看。

当我们走到秦嫦娥家的大门口时，大门仍关得紧紧的。由公社妇女主任刘富果喊她的名字，连叫数声，才算开了。我们走进院中时，秦嫦娥虽也在热情接待我们，但她的精神状态并不好，有点儿强带笑容。

当我向她介绍，这是县委张书记来看她时，她就更紧张了，只是点了点头。

张书记在院子里细细看起来，五间堂房的一个小院里，内容很丰富：南墙下有个猪圈，养着两头大肥猪；西墙下，是一溜鸡窝，养着一群母鸡；堂房沿下，挂着一长溜蜂箱，密密麻麻的蜜蜂在飞舞……

张书记看过之后，深有感触。他认为，像这样的家庭副业，已经不是什么捎带干了，已经成为家庭的“重点”了。因为家庭副业的收入已占到整个收入的70%，这是很了不起的。张书记热情地对她说：“不错呀，嫦娥同志，你搞得很好！”

这时，嫦娥的脸上现出了笑容，显然，张书记的话，对她有所触动。

家庭副业的发展，正好是为农村二步改革又创出一条新路，集体工副业与家庭副业结合起来，正好是一对“姊妹篇”。张书记感到，在这个时候，出了个秦嫦娥，实在需要学习。要想真正学习好，还得使大家从思想上认识她，才能够学习好她。

回到公社，张书记在党委会上，针对秦嫦娥的问题，给我们提出三个问题，要我们一个一个地讨论：

第一个问题，秦嫦娥的做法对不对？她为什么要这样做？公社妇女主任刘富果说："我对她的情况最了解，我认为她的做法完全对。她之所以这样做，是家境所迫。有一年真就怪了，她家的孩子一个病了，另一个接着病，三个孩子都得进县医院轮一轮。吃苦受累是小事，欠下债务是大事，半年花掉600元。还呀，还呀，还了三年才还完。她男人虽在县工商局工作，才是个25级的干部，一月35元，够他开支就不错了。家里没有个存款，一出问题，就心慌，就害怕。即便能够借到钱，也得还人家。因而，逼得秦嫦娥不得不在自家小院里想办法赚钱。她是从1976年起，就偷偷搞起家庭副业来的。

张书记听了刘富果的发言，感到很真实，她虽然说的是嫦娥的心里话，但也是大家的心里话。张书记说："老百姓不像我们国家干部，月月能'收秋'，即使有个三灾四难的，向人借一借，用不了几个月就还了。那么，老百姓靠什么还呢？而秦嫦娥，正是为解决这一问题摸索出路子来。如果我们能把秦嫦娥的做法传进千家万户，让家家都创业，户户都增收，使他们的钱包鼓起来，群众的生活也就好过了，也就不怕三灾四难了。"

接下来，张书记提出第二个问题，秦嫦娥为什么不让别人学她？党委副书记王胖松说："多年来，广大农村，由于批判资本主义，把家庭副业批得一塌糊涂，连喂只羊、养头猪都是错误。曾一度把社员的自留地都要当作资本主义的尾巴去割除掉。人们只好规规矩矩学大寨。尽管秦嫦娥敢于发展家庭副业，但她也怕得很。从咱们今天去她家，叫不开大门，就是一证。再看她家的院墙，一般农家院大都是2米左右高，而她家的院墙却在3米以上，说明她怕人知道。因而，她自然会反对学习她。"

张书记提的第三个问题是，怎样学习秦嫦娥？对于这一问题，大家讨论得更深刻，首先从秦嫦娥身上就认识到一个大问题，这就是党的十一届三中全会精神还贯彻落实得很差。有的人，甚至还不知道有过个三中全会，这就需要我们认真贯彻落实三中全会精神，让群众解放思想，去掉怕字，摘去头上的“紧箍咒”，敢于学习秦嫦娥；这就需要我们去组织、去落实、去宣传、去解决学嫦娥的具体问题与困难；这就需要我们动员各方面的社会力量，来为广大群众开绿灯。

张书记认真听取了我们对三个问题的讨论后，感到很满意。他说，实践证明，秦嫦娥的想法是正确的，做法是超前的，是新生事物的出现，是点亮了一盏明灯，是开出了一朵金花。一句话，她为我们广大农民如何致富引出了一条新路。

张书记说：“今年阴历正月初九，我曾向你们提出，在农村二步改革中，可先用一把黄土打天下，来引导集体经济的发展。如今，再把秦嫦娥宣传出去，不正好是引导个体经济的发展吗？集体与个体，这两个‘体’字，正好形成农村二步改革的‘姊妹篇’，正好成为农村经济发展的‘两条腿’。如将这两条腿一齐走起来，我们的经济建设就如虎添翼、大鹏展翅，将会跨越式地发展。因此说，对于秦嫦娥这个典型，就不是不学或小学的问题，而是要大学特学的问题。不但在你们公社学，还要在全县学，让她在全县大放异彩。”

那么，怎样学呢？张书记向我们讲了六个“给”字：一是给政策。必须把党的三中全会精神贯彻好，把党的富民政策落实好，让群众都知道怎样去致富，怎样学习秦嫦娥。二是给场地。让大家放开手脚去发展。三是给资金。积极帮助他们解决资金问题，信用社应当主动放款，服务上门。只有百姓富起来，信用社才会活起来。四是给技术。帮助他们解决技术难题，没有技术，一事无成。我们一面要挖掘与抢救传统技术，一面要派人外出取经，让技术走进千家万户，用技术创造财富。五是给优惠。必须给他们优惠，无论场地、房屋及一些其他物资等，只要是大队能够提供的，既要提供，更要优惠，以最低租赁费进行承包。六是给信息。因为家庭副业，都是一些小本买卖，投资小，产品少，销售不能停。只有及时传递信息，打开销路，加速周转，有水快流，才能保证他们的增产增收。

在此同时，张书记还特意强调了一条：要我们好好做一下秦嫦娥的思想工作，让她打消顾虑，去掉“怕”字，给群众做个好样板。

榜样的力量是无穷的，拨亮一盏灯，就会照亮一大片。从秦嫦娥身上引发出“专业户、重点户”两户的做法后，发展得很快。仅从本公社看，从1981年初到1982年末，“两户”就发展到1480户，占全公社总农户的40%。我以《专业户和重点户的生命力》为题，写了一篇文章，登上1982年11月21日的《人民日报》后，前来参观的人，涉及23个省，600多个县市区，9万余人次。1982年，秦嫦娥被评为全国妇女“三八”红旗手，受到全国妇联的表彰，为推动和引领广大农户尽快致富做出了榜样，成为全国“两户”发展的先进人物。

2. 全国“双拥”模范侯天乐

题 记

在侯天乐身上，不是学习他如何致富，而是要学习他助人脱贫的精神。当他家率先劳动致富成为万元户后，接受县委书记张维庆的建议，又积极帮助本村困难户、军烈属家庭等共同致富。为防止出现两极分化，做出了显著成绩，并光荣地出席了全国“双拥”代表会。

回龙庄大队的侯天乐，过去曾因搞个体副业，受过批判，罚过款，对他刺激不小。现如今公社党委给他平了反，面对秦嫦娥这样一个好样板，他坐不住了。他承包了大队的小砖窑，从距此 5 里远的北皇大队请来了他的老岳父。因其岳父从小就学会了开砖瓦窑的全套技术，会捏制筒瓦、勾沿、猫头、滴水等 20 余种传统产品。

这些产品都是农民房顶上用的，一直受百姓欢迎。如今，农村改革开放了，土地包产到户了，显然，将来的住房建设，需求一定会多起来。他们全家六口人，经过一年的辛勤劳动，年终收入 10400 元，人均收入 1733 元，超过本大队人均 66 元的 27 倍，成为全县唯一的万元户。

收入增加了，名声出去了，乡亲们都来向他借钱。侯天乐想，过去咱没办法时，向穷兄弟们借钱，没多有少，总会让自己不空手。如今，自己富了，哪能不借呢？因而，一个腊月里就借出现金 1800 元，多达十五六户。

正在这时，张维庆书记来了。侯天乐在向张书记全面汇报时，特意突出了一下借款问题。张书记听后，虽赞扬他的精神不错，但也指出：“借了你的钱，总得还吧？不还，说不过理去。现在的问题，不是借钱多少的问题，而是应该缩短差距的问题。你家的人均收入是 1700 元，而别家的收入才 60 元，高出 27 倍多。这叫‘骑着骆驼引着鸡，高的高来低的低’。照此发展下去，不用多久，就会走上两极分化。”张书记的话，他完全领会了，一户富了不算富，大家富了才算富。张书记不希望他用借钱办法来解决穷人的困难，而是希望他把大家组织起来，把他的技术传出来，走共同富裕的道路。

因而，来年一开春，侯天乐就按照张书记的建议，在大队里挑选了 14 户最困难的，组成了新的联合体——砖瓦厂合作社。矛盾就产生在此时，他的老婆极力反对他这样做：第一，反对传技术。这是她的老父亲传来的致富经，不应白白传出去。第二，反对无代价投资。通过一年的办砖窑，投资 5000 多元资金，购买了设备。如今，大家都来办砖厂，就应共同投资购设备。这时，侯天乐生了气，他说：“咱不能吃了细粮忘了穷，好了伤疤忘了疼。旧社会，咱们两家（指自家和岳父家）都是穷苦人，祖祖辈辈受着地主的压迫与剥削，不就是因为两极分化造成的吗？要不是毛主席、共产党来得快，恐怕咱们早死了。”

通过侯天乐的一阵诉苦，他的老婆听懂了，扭转了，积极了。不仅愿将 5000 元的设备无代价地投出去，还手把手地传授了技术。这一来，大大调动了大家的积极性，都是没日没夜干。这年年底，合作社的纯收入为 47 600 元，人均收入 881 元。尽管侯天乐家的人均收入得了个平均水平，由上年的 1733 元，下降至 881 元，减少了将近一半，但是，却与这 14 户拉平了，不再是“骑着骆驼引着鸡”了，全家人感到心安理得。这 14 户（48 口人）的人均收入，由上年的 60 元上升到 881 元，提高 13 倍多。只这一年时间，这 14 户就成了富裕户。1983 年春天，山西省委副书记阮泊生来壶关视察时，听到侯天乐的事迹后，当即就走访了他，并要他继续努力，发扬风格，不断迈出新步伐。

侯天乐的儿子参军后，他又想到军烈属的家庭困难，便与残疾军人王晋生商讨后，合伙创办了壶关县双拥联合运输公司，专门组织复员军人参加，解决他们的困难，取得显著成绩。为此，他光荣地出席了全国“双拥”代表大会。民政部部长崔乃夫在山西省副省长郭裕怀的陪同下，于1984年10月，亲自登门慰问了他。

3. 全国造林专业户的创始人路其昌

题 记

路其昌是一位很有创造性的农民。他是最早的造林专业户，是30年前，绿化太行山时出现的新人物。

1981 年 4 月初，一个天气晴朗的早上，黄角头大队支书路建明给我打电话说，梁书记，给你报告个好消息，咱们定的那个造林专业户路其昌，先在山坡上开出 10 亩荒地育松苗，已经出土，长势很好。这真是大好事。他为咱们公社的荒山绿化开了个好头，如有空的话，请你来看看。

是的，我是一定要去看的。因为我一接触路其昌，就觉得他是个人才。

事情的起因是这样的。

公社号召学习秦嫦娥，路其昌来参观过。可是，他想，我住在这大山上，该怎样学呢？难道说，就只能学养蜂、学喂猪、学喂鸡吗？就不能当个造林专业户吗？显然，这是个新念头。在如何学上，他动了脑筋。他所在的黄角头大队，处在一架山梁上，全大队的土地总面积是 3800 亩，而荒山就占 3000 亩。新中国成立 30 年，年年造林不见林。多年来，全大队总共花去 13 000 多元，购置松籽 6000 多斤，也没有把荒山绿化好，人们对荒山造林失去了信心。

路其昌生在这里长在这里，看到这千年荒山不变样，穷山恶水常遭殃，心里总是压着块大石头。尤其 30 年前，他父亲在世时，曾痛心地说过：“咱生长在这大山上，就应该热爱这大山，靠这大山活。如能把这 3000

亩山坡全部变成油松，30 年之后以长成檩材算账，一亩以 400 棵计，一棵以 20 元算，一亩就是 8000 元，3000 亩就是 2400 万元。咱们村是个 200 口人的小山村，人均（固定财产）就是 12 万元，我们怎么能不富裕呢？”父亲的话，虽然说得很好，那也只是梦想。

如今，三中全会传来把工作重心转移到经济建设上来的好政策，秦嫦娥给我们引出致富路，张书记又向我们送来六个“给”字，说不定，这正是给了自己一个绿化荒山的好机会。那么，这个想法对不对？大队敢不敢答复？路其昌思来想去，拿不定主意，就直奔公社来找党委。他把这一想法讲出后，使我们大吃了一惊。这是个身高一米八的中年大汉，他的行动有来头，说话很咬板，显然是个很有个性的人。但是，谁也想不到他会产生这种念头。应当肯定，这是一个新思路、新做法，这是前人所没有做过的事。但是，这种事，免不了会失败。尤其是荒山造林，往往是失败的多，成功的少，还没有人能够走出一条成功路。

从我们的亲身经历中看，壶关的百万亩荒山，曾经多次绿化过，但还是荒山。如今，路其昌想当造林专业户，实在是不可思议。可是，当今是解放思想的时代，是让人敢想敢干的时代。路其昌的思想，自然也在解放，自然也想干一番事业，也许人家的想法就是对的，也许会创出一条绿化荒山的新路子。不管成功与否，有这种精神就可贵。于是，我们便建议黄角头大队党支部，要用创新精神，组建造林专业户，把路其昌组建进去。这样一来，便由大队与其昌签订了全年荒山造林 200 亩的合同。路其昌就带领全家八口人，走进了这座大山。

没想到，仅仅一个月时间，路建明就给我报了喜，我哪能不去呢？

我吃过早饭，一搁碗，就蹬车而去。公社离黄角头有 20 里远，三分之一的路还是山路。因心急如焚，车行似风，半个小时就到了。路建明就在村口等着我，我把车子放下，两人就上山。

上到山顶一看，是一座大山的阳面。在一大片荒地上，净盖的是一溜一溜的杂草。路其昌一家正在刨鱼鳞坑。路其昌见我来了，很快就走过来，边掀杂草边说："梁书记，你来看，小松苗长得多壮！我没有想到会长得这么好。"他高兴地告诉我，这是第一次试育，就成功了。当然，这和事前做了很多准备工作分不开。他说，这是搞好荒山绿化的第一步，这一步不成功，就谈不到绿化。

我听了他的介绍，深受感动。使我一下就想到了县委书记张维庆。因为，从我们确定路其昌为造林专业户起，张书记就很感兴趣，就认定这是新事物的出现，就要我们不断汇报。可是，到今日，已快一个月了，还未向张书记通气。小松苗已经破土而出，茁壮成长，还能再不去汇报吗？于是，我像疯了一样，骑车就飞，一溜向下，直奔县里。

来到县委机关，很快就见到张书记。张书记见我汗流满面，又气喘吁吁，就笑着说："怎么回事？忠文。"他边问，边给我倒了杯水。我用手绢擦了一把汗，喝了一口水，就马上汇报。

张书记是个冷静沉着的人，从未见他生过气，发过脾气。比方，你来向他汇报工作，他总是认认真真听。听了，考虑一下，才发表意见。

而今日，他却变了，不等我把路其昌的情况说完，他就急了："怎么，怎么，你说的是真的吗？真的是在阳坡上吗？"他好像觉得我是在说梦话或假话。我说："我还敢向领导撒谎吗？"

"那好，那好，咱们立刻就去看！"他马上叫司机开出车，与我一同奔向黄角头。司机牛双富，很有眼色，他从张书记的表情中看，就知道得加大马力。

20里地，20分钟就到了。车只能停在黄角头村中，余下的路得步行上山。张书记的劲头很大，我们只用了15分钟，就冲上山顶。张书记一看，果真是一座大山的阳面。路其昌一见张书记来了，高高兴兴来迎接。张书记是第一次见路其昌，马上与他热情握手，接着，路其昌就指着这一大片松苗介绍。

路其昌讲起过去把松籽撒在山坡上的教训（这和县林业部门汇报的一样）。如今，他改变了这种旧做法，采用了育苗方式。这就是：在山坡上开好地，刨好沟，撒好籽，埋好土，再盖好杂草等，既防止了野鸟吃与太阳晒，又保证了出苗。这时，路其昌深情地说："1 斤松籽 1 万粒，只以 80% 的发芽率计，就是 8000 株。按一埯栽 3 株，1 亩以 440 埯算，亩需 1320 株。而这 8000 株苗，就可绿化 6 亩。也就是说，1 斤松籽就能管 6 亩地。我们这里有 3000 亩荒山，有 500 斤松籽就够了。而过去，我们大队曾花过 13 000 元，买过 6000 斤松籽。如果按照现在的做法去办，那 6000 斤松籽，就能绿化 36 000 亩荒山。可惜，那 6000 斤松籽，撒在山坡上，连一株树也没长出来，完全造成了浪费。

接着，路其昌就讲第二步，也就是破解阳坡能不能长松树的难题。他这一讲，正讲在张书记的心坎上。张书记之所以很快来见路其昌，目的就是想与他探讨这个问题。

问题的起因，是这样。

这年春天，党中央发出了"绿化太行山、黄龙变绿龙"的号召，要求在 20 年内全部绿化。太行山涉及晋、冀、豫三省 78 个县市区，而山西的县份占着大多数。因此，引起了山西省委的高度重视，经过研究，便把壶关县定为试点县，让壶关先走一步，带个好头。原因是，壶关县处在太行山的顶峰上，山又高，气候又冷，让壶关县搞试点，最有说服力，也最有代表性。因而，省委便将这一千斤重担，放在了县委书记张维庆的肩上。

为了带好这个头，张书记首先领着有关部门，对全县所有山岭来了一场大考察：从南往北看，都是荒山秃岭，一片灰暗。再从北往南看，虽能看到一些零零星星松林，总面积也不达 1%。

张书记向林业部门寻求答案。他们说，这有两个原因：一是自古以来，松树就是只长阴坡，不长阳坡，无论走在哪里，都是这个情况。二是在过去，虽也努力搞过荒山绿化，但因没有经验，常把松籽撒在山坡上，大都被山鸡、野鸟吃掉了，所以绿化效果不理想。

张书记认为，省委要我们先走一步，带个好头，是要我们先摆出一个好样板。而这个好样板，必然是阴坡、阳坡都长树，才能作标准。如果只能绿化阴坡，而剩下阳坡，就像人的头，半边长发，半边秃顶一样。难看是小事，绿化效果差是大事。壶关有百万亩荒山，在尊重植物生长规律的前提下，如果能把阳坡的一半全部绿化，谁都可以算出这笔经济账。

那么，怎样才能做到阴坡、阳坡都长树呢？有人向张书记介绍了一个典型：常行乡盖家川底大队，有个荒山造林队，队长王五全已经摸索出油松育苗和栽植的技术，改变了过去那种瞎往山坡上撒松籽的坏做法。这就是“一季育苗，三季移栽”“阴坡育苗阴坡栽，就地育苗就地栽”，成活率能达到85%。王五全已取得绿化阴坡的成功经验。同时，王五全也曾将阴坡培育的苗子，栽在阳坡上去试验，结果有70%死掉了。显然，阳坡栽树已成为最大难题。

如今，路其昌所讲的第二步，正是解决阳坡栽树的问题，也正是困扰张书记的问题。为使路其昌顺利发展，张书记把他定为联系户。不过，这不仅仅是为了阳坡长树问题，更是为了关注路其昌。因为路其昌的做法，是以造林专业户的形式出现的，这是一种个体造林性质，这在历史上是没有过的。应当看到，这是新生事物的出现，这是初露头角的幼苗。尽管他有初生牛犊不怕虎的精神，但也经不起风吹雨打。如不能很好地保护与扶持，很容易中途失败。因而，张书记十分关注路其昌，每隔十天或半月，就要来看他一次，就要与他共同研究与试验。

张书记的一次次来，一次次指导，一次次鼓励，使路其昌的信心更足，积极性更高。他根据张书记的意见，参照王五全的阴坡经验，经过六次试验后，终于成功（就在这时，也传来了王五全的成功经验，而且两个人的做法是一样的）。这就是：第一是建造小阴坡的鱼鳞坑。因为松树的特性，必须长在背阴处。而今要想在阳坡上栽树，就得在刨好的鱼鳞坑内，创造小阴坡，用石头或硬土块砌成南高北低的小阴坡，将松苗栽在小阴坡下。第二是创造保成活的技术。这是非常重要的一条。有好坑，有好苗，而栽不活，就是最大失败。这一关，必须做到严格二字，要做到起苗不伤根，运苗不干根，栽植不窝根；随起根，随沾泥浆（用原土做成泥浆去沾根，这是保成活的非常重要一条），随栽植（每窝3株），直壁墙根（紧靠小阴坡）。而后，“三埋”、“两踩”（用脚踩两下）、“一提苗”（往高提一下，根就展开了）等，就能保成活。

当一件心头大事获得成功后，将会极大地调动人的积极性。路其昌全家八口人，起早贪黑地钉在山坡上，从春天到秋天，战斗了7个月时间，就完成荒山造林287亩，超出合同87亩，超过全大队30年绿化面积的6倍多。经过县里验收后，成活率在90%以上。

由于路其昌的精神感人，做法超人，成绩惊人，他便成为全县人民学习的榜样。他的事迹登上《太行日报》、《山西日报》以及《人民日报》后，很快就传遍了全国各地。前来参观取经的人也越来越多，北至吉林、黑龙江，南至广东与广西，涉及21个省，300多个县市区，5万余人次。尤其是广东、福建等地，还来人或来函邀请路其昌去给他们传经验、搞绿化。路其昌成为全国造林专业户的创始人。

4. 优秀党支部书记宋刘富

题 记

选准一个人，能富一个村。宋刘富的出现，不仅改变了常平村，还给全乡做出样板，推动了全乡经济的发展。更为可贵的是，他的一个典型发言，打开了全县包产到户的禁区，推动了全县农村的大改革。他是一个优秀的党支部书记。

不知道为什么，脑子里总是经常出现宋刘富，就像电影一样，一幕一幕地浮现在我的眼前。

我特别欣赏他。我在集店乡工作的八年间，他为全乡立过汗马功劳。因此说，他是一个优秀的党支部书记。

他的事迹很多，这里，只写三件事，表表我的心意。

第一件事，他帮助我实现了包产到户，解决了全乡人民的吃饭问题。

1980 年冬，我初到集店乡（原西庄公社）当书记，上任的第三天，就有全乡 14 个大队的一半大队支书，上门找我来辞职，说他们都没本事，当了将近 20 年支书，连社员的吃饭问题都解决不了，哪里还有脸再当下去呢?

在之前我作为整党工作组组长来这里时就了解到，集店乡虽是平川区，但却不打粮。亩产量长期徘徊在 300 斤左右，人均口粮不达 300 斤，一年要缺两个月的口粮。无奈，社员们只得外出去借。全乡外借粮食 240 万斤，涉及两省 5 县 48 个大队。显然，吃饭问题已成为大事。如今，我来当书记，如不能很快解决广大群众的吃饭问题，我也一样要自动下台。

就在这个关键时刻，宋刘富向我献出一计——包产到户。他说，他曾把边远山区的三类地，包给少数社员去种，亩产就由 200 斤收到 380 斤，增幅 90%。这是个很了不起的数字。

听君一席话，胜读十年书。我带着“包产到户”这四个字，走访了 12 个大队的 50 户人家，他们都渴望实现。这说明，宋刘富献的这一计，是非常得民心的。于是，我横下一条心，顶住种种压力，避着县委书记，用了半个月时间，就将全乡的 2 万亩耕地全部包产到户。人们获得土地后，就如绣花一样去耕种，来年取得空前大丰收，亩产由上年的 290 斤，增至 420 斤，增幅 40%，完全解决了全乡人民的温饱问题。

第二件事，积极发展工副业生产，在全乡带了个好头，尽快解决了群众的花钱问题。

在实行包产到户，解决广大群众吃饭问题的同时，随之而来的一个新问题，就是老百姓的花钱问题。当时，在发展工副业生产中，最热的一个项目，就是机砖厂。而建一个机砖厂，少则也得投资 20 万元。光建一个烟囱也得 6 万元。而信用社，经过大锅饭的长期折腾，老是不敢放款，深怕放出来，收不回去。

就在这种极端困难的情况下，宋刘富从三个方面入手解决困难：一是在村西发现了一个现成的高达 42 米的大烟囱。这是当年大炼钢铁时，县上在这里建过一个铁厂，停产后，留下了这个烟囱。这一发现，他们就地建轮窑，巧妙地利用了这个烟囱，节约了 6 万元。二是利用全大队过去开办过的 5 个土砖窑，一齐上马烧青砖，3 个月时间，就挣回 3 万元。三是打土坯顶砖用建轮窑，又省出 4 万元。最后只在信用社贷来两万元，就建成机砖厂投产了。宋刘富就是用这种自力更生、艰苦奋斗精神，给全乡人民摆出一个活样板。

第三件事，他的一个典型发言，推动了全县的包产到户，走在了全省前列。

1981年8月，县委召开三级干部会，目的是要在全县实行包产到户。然而，社会的阻力却很大，特别是在县委班子领导中，多数人都反对包产到户。而县委书记张维庆，却不是这种认识，他的思想是紧跟三中全会的。他深知，在眼下，实行包产到户，是解决广大群众吃饭问题的最好道路。不走这条路，就要失去民心，就会让广大群众继续受贫。

为了在这次三干会中解决包产到户问题，张维庆书记挑选我们公社常平大队支书宋刘富作为代表进行大会典型发言。张书记的观点是：让支书教育支书，最接近实际，也最有说服力。

发言的地点是壶关县人民大礼堂，台上鞠了三个躬，台下坐着全县的389个大队支书、县级机关干部等，共1000多人。

那天，宋刘富满腔热情地走上主席台，向台下行了三个礼。台下秩序井然，鸦雀无声，1000多双眼睛望着宋刘富，看他要说些什么。宋刘富十分镇静地坐在演讲台上，打开笔记本，响亮地向大家喊出：“我发言的题目是，包——产——到户，都——不——饿肚！”就这个题目，台下就来了一阵雷鸣般的掌声，掌声如同兴奋剂，宋刘富的劲头更足了。他越说越有精神，越说越有感情。

当他说到，以前社员出工不出效，“上地一条龙，做活一窝蜂，你站的，我坐的，打不下粮食伙饿的”时，台下就又是一阵掌声。

当他说到秋田管理难、秋收秩序乱，“白天还是人，夜里就变鬼，十人九个贼，一个不偷就吃亏”时，就又是一阵掌声。

当他说到“为了夺高产，外地传来新经验，只有种高粱，亩产才能过长江（800斤）。种高粱，吃高粱，吃的人们光肚胀”时，就又是一阵掌声。

当他说到“有个光棍汉，包给他2亩山坡田，收了800斤粮，就找了一个好对象”时，就又是一阵掌声。

当他说到秋耕地，“拖拉机，来耕地，大小队干部过生日，有猪肉，吃猪肉，没有猪肉杀公鸡”时，就又是一阵掌声。

一次一次的掌声，如同春风，不仅吹在了台下，也一样地吹在了主席台上。常委们根本就没有想到，包产到户就这样重要，与会人这样满意。因而，他们也受到一次深刻教育。他们和台下人一样为宋刘富同志鼓起掌来。

宋刘富前前后后，共说了十个问题，每说一个问题，台下就鼓掌一次。这说明，宋刘富同志说的都是事实，都是群众的心里话。他自然就能说好，自然就得到大家的赞扬。

最后，宋刘富又响亮地向大家说：“大包干，大包干，直来直去不拐弯；交足国家的，留足集体的，剩下都是自己的。我们的吃饭问题，还算什么问题？我的话完啦！说得不好，请大家原谅！”

这一来，台上台下，又响起了一片热烈掌声。人们七嘴八舌地说：“宋刘富说出了我们的心里话。”

宋刘富的发言，如同一颗炸弹，把冰封的黄河“壶口”炸开了，汹涌的黄河水将要奔放。这正好圆了张维庆书记的梦，正好成为他的先行官，正好为他做包产到户的讲话，开出一条先河……使他在下午的讲话中，更加收到了接连不断的掌声。

这年秋后，全县的30万亩耕地，全部实行了包产到户。来年获得空前大丰收，土地承包工作走在了全省前列！

5. 敢于干大事的“神人”刘有根

题 记

虽然他已经逝去多年了，人们还在谈论他、赞扬他。这是为什么？因为他曾经为人民办过好事，在人们的心里留下了“丰碑”。李掌村原支书刘有根就是这样一个人。他曾为全县做出过三个第一：李掌人民大礼堂、壶关首创焦化厂、壶关最大水泥厂。

一提起“刘有根”三个字，我就心酸、心痛……这是为什么？因他英年早逝，过早地离开了人间。

刘有根，是我亲手选拔的一个人才。25 岁入党，26 岁就当了李掌村的党支部书记。我原以为他年纪小，经验少，需要好好培养。然而，出乎我的意料，他一上台就会干，而且干得很出色。在他生前，小事不说，光大事就办成了三件：第一件，他为壶关创建了第一个农村人民大礼堂；第二件，他为壶关创建了第一座机焦厂；第三件，他为壶关创建了第一家大型水泥厂。

1984 年冬，县委组织各乡镇书记坐专车下江南参观学习，因包车有空位，我就把刘有根带去了。在参观江苏省华西村时，人家的经验是在华西人民大礼堂内介绍的，还表演了文艺节目。刘有根亲耳听取了人家的经验、亲眼观看了人家的文艺节目后，就大开眼界，大感兴趣。他认为，人家的文化生活搞得太好了。唱戏、放电影、耍马戏、说书等，都在大礼堂内表演，全村人都享受着乐趣。

因而，从江南参观回来，刘有根就提出要学华西，先建一个李掌人民大礼堂。其理由是，李掌村古来就没有个像样的娱乐场地。即便有个旧舞台，也是又小又破又低，场地也是又窄又小又土。尤其这里的庙会，夏季一遇风天雨天，就看不成戏了。因而，人们老早就叫苦连天，希望能改变这种状况。如今，刘有根提出想建一个大礼堂，想法虽然好，老百姓都赞成，但我却不答应，我说："农村改革开放以来，李掌村虽有很大变化，人均收入虽有很大增加，然而，你们的经济基础却还是很薄弱的，还需要加快步伐去发展。学华西，赶华西，不能乱学，不能学歪。首先是应该学习人家的经济建设，先抓村办企业的发展，这才是当务之急的大事。当然，这倒不是说文化生活就不能学，问题是要看什么时候学。尽管我讲了这么多，也没能扭转刘有根的思想。他说："只要你能先让我建成这个大礼堂，你说咋干就咋干，村办企业，我一定能搞上去。"

面对刘有根高涨的热情，我是不愿给他泼凉水的。于是，我便提出一个要求，这就是，在往年（1984 年）的基础上，集体经济增半倍，人均收入翻一番，就允许你建礼堂。

"好！这可是书记你说的。"刘有根抖擞精神说，"一言为定，一定办到！"

刘有根像疯了一样，1985 年一开春，他就建了一座大型机砖厂、一座石料厂和制缸厂等。连同旧有的一座机砖厂合起来，把全村所有劳动力都用光了。这年年底，集体经济与人均收入，都翻了一番。因而，来年一解冻，他就领人破土，来建这项幸福工程——李掌人民大礼堂。不知他有什么本事，不到三个月，就建成了，正好赶上庙会用。全村 1000 多口人，都能坐在礼堂里看戏、看电影、听说书等。县委书记聂庆保看了后，伸出大拇指说："好样的，了不起，壶关第一。"

1987 年 5 月，刘有根得到了一条消息：当今工业市场上，最吃香的产品是"机焦"。他不知从哪里获得这样三条信息：一条是说，榆次市某人手里有一幅图纸，得到这幅图纸，就可建成机焦炉。第二条是说，吕梁地区的离石县已建成这样的一座炉，投产了。到那里，既可就地取经，还可请到师傅。第三条是说，沁源县某地所产的煤可炼出好机焦。

刘有根非要把这件事办成不行。他租了一辆吉普车，硬要我陪他去。我也正想从实践中，亲眼看看刘有根如何创业。于是，当天下午就动身了。我们的第一站，就是到榆次市买图纸。这天下午到了榆次市，天已大黑了。我和司机在街上等着，由刘有根一人按照指定线路及地点，去找卖主。事情倒也顺利，见到卖主，放下1500元现金，就把图纸买回来了。当天夜里，我们还赶到了太原。

次日一早，我们就动身上吕梁取经、请师。上吕梁，我们都是第一次。当时的公路，还是土石路，很不好走。车本来行得就不快，不巧的是，天又下起了小雨。每上一个大坡，车就要发热，就得停一停、歇一歇、加加水……上呀，上呀，不知上了多少个坡，直到下午5点多，才到达吕梁（离石）。

刘有根是个急性人，当天下午就找到这个厂的领导去协商。厂长说，参观焦厂、传授经验等都可以，就是不能让师傅去。原因是，他们虽已烧出第一炉焦，质量还不错，但马上就要烧第二炉，因经验还不足，怕出了问题，还是不敢离开师傅。人家说的也很在理，看来，师傅是不可能请来。可是，请不来师傅，这买卖就做不成。这该怎样办呢？想不到刘有根很会说话，他说："太行、吕梁隔千里，都是山西俩兄弟，我们千里来取经，厂长应该送情谊。兄弟有难哥应帮，我们会给你们传名誉。再说，我们那里会烧机砖、会制缸，还会开办小水泥厂，如果你们需要这样的人才，我们一定大力帮忙。咱们应该互相交流，取长补短，共同发展，让两山人民都富起来。"刘有根这么一说，就把厂长说笑了，说活了。加之他们的师傅很同情我们，又说了几句帮腔话，这事也就定下来了。只是厂长提了个要求：他们这里不会捏缸，以后想开缸厂，请刘有根帮忙，刘有根满口答应。

这时，厂长让我们先按图纸建窑、安机器等，半个月之后，就给派师傅来。

事情定下来后，紧接着就是参观，次日一早，我们就动身返回太行了。下午 6 点赶到沁源县某煤矿，把焦煤定好后才返回县里。仅两天半时间，就把这三件事落实了。

事顺带来心顺，心顺带来干劲。刘有根一边组织人平场地、挖地沟、建机窑、通电路，一边派人外出购机器、购设备。在此同时，就开始从沁源运焦煤。仅半个月时间，就把机焦厂建成了，焦煤备足了，师傅也按时来到了。

在师傅的指导下，当天夜里就开始往窑里装煤。第三日下午就点炉、通电、通风，半天时间，炉火就着了。炉的火色，开始是黑色。在正常情况下，应该是三日变红，五日变黄，七日变白。只有变白了，才证明机焦炼成了。等火色变红了，就知道问题不大了，师傅就可以回去了。

如今，火色已变红了，师傅该走了，而刘有根总是有点不放心，深怕不成功。因而，一再挽留师傅，师傅说："好，我就再住三天，等火色变黄了再走。"三天后，火色果然变黄了，吕梁也来电了，师傅也确实该走了，然而，刘有根还是不放心，深怕火色变不白。这时，师傅说："我已经来了八天了，不能再住了，万一吕梁的焦炉出了问题，我就不好交账了。"

在刘友根的诚恳请求下，师傅安下心来了，他要等到火色变白才走。可是，吕梁连续来了三次急电，催他回去。这已经是第十二天了，火色应该变白了，可是，从上午等到下午，还没变白。尽管是这样，也得马上动身了。于是，刘有根只好给他们买了回吕梁的午夜票。

按说，吃过晚饭，就应该送人家走，到长治车站等车。然而，师傅仍是舍不得走，一直在炉边转，两眼紧紧盯着火色的变化。

我和刘有根也是跟着师傅转。9 点过去了，10 点过去了，11 点的时针已经走了三个字，离 12 点上车，只有 45 分钟了，我和有根都着急了，深怕误了这趟车。可是，师傅还是在炉旁转，就在这时，师傅大叫起来："快看！快看！开始白了，白了。”一霎时，全炉的火色就全白了。就在这时，师傅掉下了眼泪，我和有根也一样掉了泪。这时，师傅向炉火摆了摆手，表示告别，才上了我们备的吉普车。

离坐吕梁客车，只有 30 分钟了。我们离长治市虽然只有 20 公里，但也得往前赶。我们赶到车站门口时，通往吕梁的客车，正好开出车站门外，我们马上拦住，把师傅送上车后，我们的心才算落了地。在返回的路上，我们细细想着师傅：他的责任心太强了，他太注重感情了。

几天后，机焦就出炉了，烧得非常好。销路很快就打开了，大都销往河南、河北等地。20 吨的大卡车，连头不断，车水马龙。正在这时，山西省委书记王庭栋来壶关视察工作。县委书记就领着他参观了刘有根的机焦厂。王书记看后大加赞扬，说刘有根是个闯将，是壶关的企业家。

刘有根是个“野心家”。他把机焦厂办成后，就又想着再创一业。

一天，他兴奋地来对我说：“梁书记，我又看准一个大项目，保证能大发展。想要建一座大型水泥厂。一般小水泥厂的标号，都超不过 400 号，只能民用，不能国用。国家需要大量水泥，但其标号却必须在 600 号以上，既能国用，更能民用，你看怎样？”

我想了想，冷笑道：“你想得倒不错，但需要多大投资呀？”

他说：“我到长治市八一水泥厂调查过，建一座年产 10 万吨的水泥厂，至少得投资 1000 万元！”

我长出了一口气说：“你到哪里能弄到这么一笔款呢？到农行贷吧？别说 1000 万，连 100 万也贷不出来。”

然而，刘有根却很有信心地说：“天下无难事，只怕有心人。三年建不成，等五年，五年建不成，等八年……总有一天要建成。”

八年后，1996 年的春天，刘有根来了。我虽早已调离了集店乡，但他仍像当年一样地尊重我。他讲了建厂情况，至于资金，他避而不谈。

经过一年奋斗，到 1997 年春天，这座大型水泥厂终于建成了。投产这天，刘有根亲自开着车来接我。我看到美丽的大门，宏伟的厂房，雄伟的机器……心里有说不出的高兴，深感了不起。八年前，说建这样一个厂，就需1000万元。而今呢？必然要超出这个数字。那么，究竟花了多少钱？而刘有根还是不肯告诉我。只是告诉我，日产300吨，年产10万吨，全部是600号，厂名叫“李掌富民水泥厂”。

三个月之后，刘有根又来接我了，他要我去看一个新场景：从大门口到公路上，长长一行绿色卡车，排了很长，都是军车，来拉水泥的。

就到这时，刘有根才回答我，这笔巨额投资，来自驻晋某部队。

原来，八年前刘有根产生了办一座大型水泥厂的念头后，就没有一日不苦思、不梦想。他在县上，把所有农行、工行、建行、信用社等金融部门都走遍了，没一家敢贷给他1000万。他们说，贷个几十万还可以，一上了百万就不行。

如何才能落实所需资金呢？他迈开双脚向外跑，到处游说引资金。从1992年春天起，他连续跑了三年，跑了多少冤枉路，花了多少路费，吃了多少苦头，也没引进一分钱。他灰心了，他不跑了……他就像一株寒冬草，连头也不愿露了。

1995年一开春，他就又跑起来。这天，他在河北省某地，坐一辆顺车到某县，车行至中途，突然坏了，一步也走不动了，得从县城请人修。于是，司机便指点他，要他顺着一条便道走。到县城，大路30里，便道20里。他自然要走便道。他走了不足5里地，就走进一道大山沟。他万万想不到，就在这时，山坡上一声炮响，大石块滚下沟里，小石头飞上天空，霎时间，就像石头雨，从天而降。山坡上有人在喊：“行路人，快躲开，快躲开……”可是，刘有根哪里还来得及躲呢？他只好站着不动，把提包放在头顶上，用双手抱住头，听天由命。想不到他的命还真够大，在脸前落下了石头，在脑后也落下了石头，在左边落下了石头，在右边也落下了石头，正好没有落在他的头顶上与身上。天哪！他算是平平安安地度过来了。

这里为什么会响炮呢？原是解放军某工程兵部队在这里建大桥，急需巨石砌柱子。

在山坡上大喊刘有根的人，正是两个管安全的工程兵。他们两人捏着一把汗，跑到有根身边，见他完好无事，一下就轻松了。他们把刘有根领回指挥部，向工程队队长介绍后，队长觉得刘有根是个命大的人，没有给他们招下麻烦，就深表谢意。否则，出了人命大事，他们就要受处分。因而，他们热情地接待了刘有根，并问刘有根有什么困难，请当面讲。

刘有根一看这是解放军某部工程兵部队，在山沟里修路架桥，一下就引发了他的灵感：架桥、修路，一定要用水泥，何不当面提出，来个就地引资，用水泥还账呢？当他把这一意见提出后，当即就得到队长的回答："这买卖完全可以做，我们出钱，你供水泥，正是一条军民合作的大计。但是，有一条，必须是 600 号以上的水泥，标号低了不能架桥。"

得到这一信息，刘有根如获至宝，当下就表态说："我们正建着一座 600 号的大型水泥厂，就是因为资金不足，一直没能投产。能否先给我们预付一些资金？"

队长见刘有根是个农村支书，一心为着老百姓的利益而奋斗，就慷慨地回答了他："资金需要多少给多少，啥时要，啥时给。"

真是"塞翁失马"。刘有根高兴得不知说什么好。于是便说："一言为定，质量保证。"当下就跟部队签订了合同。

这天，刘有根回到家，就像变成另外一个人，见人就喜，张嘴就笑，不再是愁眉苦脸。

听刘有根这么一讲，我的心又是酸，又是甜。酸，为办这座水泥厂，刘有根所走过的路，太艰难了，太危险了，几乎要把自己的命贴进去；甜，苦尽甜来，这个甜字是最敬爱的中国人民解放军送给的。

刘有根就是这样一个人：他要抓住一件事，无论遇到多大的困难，都会办成。

县委书记程前发现他是个人才，就破格提拔他为正科级干部，调来县里办大事。当时，县委决定要在集店乡修一条10里长的开元大街（从集店村到常平村）。在一无资金，二缺人力的情况下，县委把这一任务交给刘有根时，刘有根二话没说，就接受了这一任务。不到半年，就修成了。

长治市决定要修长壶一级公路。虽然困难更大，资金、物力、人力都不足，当县委把这一任务交给刘有根时，刘有根又一次接受了。

然而，谁也不知道，刘有根此时已经生了重病。但他却一直保密，不向人说。他仍然是跑长治、到太原，要资金，要支援，坚持工作。后来，实在支撑不住了，才离开工作岗位。

尽管县里、乡里，都在采取种种措施抢救他，还曾坐飞机到北京去治疗。然而，已经晚期了。他刚刚走完48个春秋，就离开了人间。

在他走的那天，来给他送葬的，人山人海，车水马龙；送的花圈，不计其数，从院里摆到院外，从院外摆到村外。

6. 大能人吴贵书

题 记

吴贵书他们大队的陶缸，在百里之内市场饱和后，他又远赴山东聊城去推销。拓宽了市场，打开了销路。他的事迹很感人，应该把他的经历记录下来。

集店大队有个大能人，名叫吴贵书。他为集体创了不少业，办了很多事：缸厂，是他领人建的；瓦厂，是他请人修的；机砖厂，是他亲自指挥办的。今日，在这里，单说说他的一个生动有趣的故事——下山东销缸。

故事的开头，是这样。1982 年初春的一日，集店大队召开大小队干部会议，讨论当年的生产计划，让我去参加。

在讨论中，有一个人像疯了一样，高声嚷道：这计划，那计划，都不起作用。就拿我们的缸厂说吧，像海一样，堆下一大院，三年卖不出一套缸，还定什么计划？先把这个问题解决了，再说定新的计划也不迟！

我早就听说他们有个陶缸厂，但我从未去看过。如今，既有人提出了这一问题，就应该到现场去看看。

当我走进缸厂大门一看：好家伙，约十亩大的一个大院，这缸，真像海洋一样，堆下了一大片。支书向我介绍说：这一院陶缸，共计两万套，84 万斗，价值约 50 万元。因为长期销不出去，欠下信用社贷款 20 万元，社员工资 5 万元。

这么多缸变不成钱，欠下这么多外债，成何体统？集店是个 700 多户、

2800多口人的大村。像这样一个大队，难道说就蹦不出个能人来去销缸吗？我向大家大呼了一声，说："谁能销了这院缸，我就称谁是英雄！"

这时，有人提出：光称英雄还不行，还得有一定的报酬！

他的话音一落，支书就回答：这一问题，早就想到了，工资、出差费等，一裹在内，给销缸总额的百分之五。比方，卖到50万元，我们就给他2.5万元。

"好！这个报酬不低。"我马上补充到，"干好了，还可嘉奖！"

就在这时还真就蹦出一个人来，他就是支委吴贵书。他说："至于要给一笔大报酬的事，我连想都没有想过。如今，逼到了这条路上，我先报个名再说。这个担子很重，我只能是试一试！"

这时，有人在一旁议论说："贵书这人，干事、创业，没说的，他就像三国里的赵子龙，打一仗，胜一仗，是个常胜将军。如今让他去销缸，这恐怕就不行了，这就不是他的拿手戏。"

吴贵书背上这个"泰山压顶"一般的包袱，回到家里一说，就遭到了老婆的反对。她说："你这是专门找的败兴哩。你要能销了这院缸，太阳从西出来……"

吴贵书老婆说的是大实话：这缸，可以说在方圆百里地之内是销不动的。吴贵书开始向外地打电话，找亲朋好友，他终于找到一条出路，那就是下山东到聊城。

他带了5000元现金。

他在途中倒换了四次车，才来到聊城。

他选住了新建宾馆二楼一号，这是个分里外间的高级房间。

他认为先得买纸、买笔、买墨，做宣传。

他在街上如数买来后，就先起草了一份销缸的好消息。称山西上党地区壶关县陶缸厂来这里销缸。希望购缸者莫失良机，速上门洽谈。

他一共写了五份，当天下午，就顺着这条新开路贴出去了。

等呀等……等呀等……一连等了三天，也无人上门。但他却认为，不能慌，吃饭还得有个咀嚼过程哩，何况是做买卖?

又是一连三天，还是无人问。

两个三天过去了，还不见人来，是何原因?难道是太原市的那位老朋友传的信息不准吗?如果是一条假信息，那可就上当了！想到这里，他有点急了，他不敢再等闲视之了。于是，他租了辆自行车，便出去考查市场。

他初来这里，人生地不熟，不知销缸市场在哪里，只能是随街就巷，逢路就窜。他从东窜到西，从南窜到北，窜了老半天，才在故城街的一个日杂门市部，找到几只破缸。询问之后，才知这是河北的缸，出厂价是1斗1元，来到这里就要卖到1.2元到1.4元，还没有货。看来缸在这里确实是缺货。从价格上看，也很乐观，自家的厂价是0.6元，提高到0.8元，也是抢手货。

按说，摸到这个底子，他就该放心了。为了彻底摸个水落石出，他又跑出市区，下了农村，到农民家里去探询，看看到底缺缸不缺缸，缸的用途是什么。

在农民家里，农民们大都说的是方言土语，有好些话，他听不懂；他的话，当地人也有点听不懂。怎么办呢?吴贵书自有办法，凡是听不懂的地方，就用笔写。一连跑了三天，他不仅摸清了聊城地区的底，连附近临清、阳谷等地的情况也有所了解。他们地区这一带，确实是缺缸的。当地人买缸的用途有三：一是储粮。农民家里用缸储粮是自古的习惯。二是闷花。这里盛产棉花。他们收下来之后，都要填在缸里，用塑料袋蒙住来闷，连闷几天，掏出来一打，棉籽就脱落出来了。这在农民的小家庭里是常用的一种土办法。三是防洪。尤其是地处黄河两岸的阳谷、平阴、长清等县，家有几口人，就得有几口缸，大人大缸，小孩小缸。他们在缸沿上钻个窟窿，拴一根绳子，扯在树上或别的固定物上。一旦黄河决口，或遭洪灾，人们就可以钻进缸里，等待水落。

只要功夫深，铁杵磨成针。吴贵书终于摸到了真底，他的心里一阵欢喜。

就在这时来了两家公司经理，一个姓宋，一个姓秦。

这时，吴贵书乐了。他把洽谈之事放后，先来了一场招待，他知道山东人最能喝酒，必须先用酒开始。对于饮酒，可以说，吴贵书在村里，也是数一数二的把式，不会败了兴。于是，便在楼下的雅室里订了一桌酒菜，让老板专拿山西汾酒，以示家乡特产……

宋经理说："吴老板，咱言归正传吧，你先说说你这缸是什么价格？"

"出厂价，1斗9毛怎样？"

"9毛？……"宋经理一听，比河北缸还贱一毛，就觉得完全买得。但，经商之人，总想再少少，总是要再搞搞，于是回答道："7毛成不成？"

吴贵书停了停，说："这样吧，二位经理，咱们既是诚心交往，咱就得讲实话。也不要依我说，也不要依你说，从中砍开，8毛怎样？"

"行！一言为定，大丈夫讲话，绝不反悔！"

随后，又陆续来了几个客户，把剩余的缸都订走了。

为把事情办妥，吴贵书不仅给他们排了队，分开先后，定准日期，一天两家，还给家里通了电话，要求家里速办三件事：第一件，要把缸厂门口挂的那块旧牌子摘掉，换一块特大牌子，写上"山西壶关陶缸厂"七个大红字。因为这个厂，正处在长壶公路边，车一来到这里，就会看见；第二件，按单车结算，每斗缸价是0.8元，现金结算，不赊不欠；第三件，临时开个小饭店，让拉缸司机白吃饭……

他打完电话，就着手绘制路线图。因为顾客们提出，每去一个司机，就得发给一张路线图，以便司机各行其是。他照着交通图，绘出了一张简便易行图。在上面画出了线条，写出了路名，还标出了一段一段的里程……应上图的东西都上了。只要照图行车，不用问人，就可到达目的地……

吴贵书就是这样没明没黑、紧紧张张地工作了半个月，把应发的车发完后，才乘车返回。

他吃了很大苦头，费了很多心血，终于完成任务，得到全大队社员的好评。党支部书记要给他实现经济兑现：50 万元的 5%，应得 2.5 万元。吴贵书却笑了，他说：不要忘了我是共产党员，还是支部委员，只要求将这次花销的 5600 元报销了就行了。

我曾经说过，谁能销了这院缸，谁就是英雄。吴贵书当然成了我们的英雄！为了把他的事迹传播到全公社里，我们党委专门召开了一次全公社全体党员大会，让吴贵书作了一场专题汇报。他把下山东的经过详细汇报后，使大家深受感动，一阵一阵的掌声，经久不息。

几年后，吴贵书当上了这里的党支部书记，成为领导村民致富的带头人。

爱民篇

AIMINPIAN

1. 帮助吴有良“闯三关”

题 记

对于一个他认识你、而你不认识他的老百姓，找上门来求你办事，你该怎样办呢？我认为作为公仆的基层干部必须是积极地、热情地、主动地去办，哪怕办不成呢，也应该把心尽到。只有这样，才对得起老百姓。

1982年，一个秋雨绵绵的下午，有一位60多岁的老农民上门来找我。他一见我，就颤颤巍巍地说：“梁书记，你不认识我，我却认识你。我叫吴有良，西庄大队的，我专门来找你来了。”他说着就将带来的一小竹篮酸枣放在桌子上，继续说：“今年的酸枣很好，给你打了2升，让孩子们吃吧！”

我见他身上的衣服湿透了，就让我爱人将我的旧衣服找出一件，让他换下身上的湿衣。他很不好意思，但在我爱人的劝说下，总算换下来了。

我说：“有良，有什么事，你说吧！”

他有点结结巴巴地说：“没……没什么事，就是……就是想来看看你……”

我给他倒了杯热水，想让他暖暖再说。可是，老半天过去了，还是那句话：“没……没什么事，就是想来看看你，认识认识家。”

他是冒着细雨来的，还带来2升酸枣，又是第一次见面，这能说是没有事吗？

可是，他一直不肯说实话。喝过水，就要动身，并且非要脱下我的衣服，换他的湿衣不可。

“不要换了。”我爱人热情地说，“这件旧衣就是送给你的。酸枣你放下，把湿衣拿上。”说着，她就把酸枣倒进小筛子里，把湿衣塞进了小竹篮里。

吴有良不肯讲出心里话，显然是因为我是干部，他是农民，中间隔着一条“沟”。他有勇气找上门来，却又不敢讲出实话……看来，我得主动先跨这条横沟。

他要走，我就送。走出大门，拐转院墙角，我爱人返进院了，我俩又往前走了几步，我才热情地问有良说：“有良，你今天来，一定有要事，你说吧，只要我能够办了，就一定要给你办。你不要觉着我是书记，你是农民，又不认识，怕办不成事。”我这一番话，暖热了有良的心，他终于开口了。

原来，他的岳父王万富，在太原市锅炉厂工作。因退休年龄到了，自己的子孙们都有工作，膝下无人接班，就想让给外孙女——吴有良的长女。只要一接班，月工资就是40多元，一年收入500元以上。他家共6口人，4个子女，有3个孩子念书，老婆常年有病。他与长女劳动一年，也挣不到300元，家庭十分困难。如让女儿接了班，就等于栽起一棵摇钱树，他们家的生活就会好起来。

然而，从太原市劳动局、长治地区劳动局到壶关劳动局，三级劳动部门，都不给他开绿灯，理由是异姓不能接班。

这么一来，吴有良老两口发了大愁，他们吃不下饭，睡不着觉，急得老两口眼睛都红了。

真相大白了，我也一样地发了愁。不办吧？这是一家穷苦的老百姓。在这样一个家庭里，能够办成这样一件事，显得特别重要，这关乎着一家人的切身利益。他们之所以想到我，是把我当成了他们的亲人。因而他们便把心里话掏给了我。办吧？要知道，要想办好这件事，必须闯过县、地、市（太原市）三道关才能办成。我哪有这样大的本事呢！

面对这一问题，我该怎样办呢？我只能求经过，而不敢求结果。于是，我回答他，一定想办法去办。就这么一说，吴有良就激动地掉了泪。

次日上午，我回到公社，下午就去了有良家。他老伴见我真的来到了她家，一句话也说不出来，只是眼泪汪汪地给我拿烟倒水。吴有良忙着给我找手续。他把手续交给我后，还把大女儿叫出来，要给我磕头，我忙拦住说："不能这样，我一定努力去办。"

当天下午，我就到县劳动局，找办事员郭富贵。郭富贵看了手续后说："老梁，对不起，这事不能办，因为是异姓。要想办，你还得见李局长。"

于是，我就去找李长青局长。李长青说："这件事，应当说不好办。第一，退休接班文件中，指的是一个血统中的后代，没有谈到异姓可接；第二，不是县上办了就算完事，还要到上级劳动部门去办，一旦发现我们办错了，就还要批评我们。不过，你来了，又是一片赤心为百姓，我们试一试。这一来，县上这一关就算闯过去了。"

第二关，长治地区劳动局。这里，我谁也不认识，只好瞎闯闯。当我把手续给了办事人时，办事人就提出批评，说壶关劳动局是瞎干哩，不但不给办，还要责问壶关劳动局。

看起来，这一关难度不小。就在这时，我想起了专署副秘书长窦乃荣，我曾与他共过事，他是个平易近人的人。我找到他，把这件事一讲，反而受到了他的表扬，他说："你这种纯粹为老百姓服务的做法，是值得赞扬的。即便事情办不成，这种精神也是可贵的。再说，你讲的这件事，应该能办才对。同是一个血统，就因为变成了异姓，就不行了吗？这种做法，也有点太机械了。"于是，他就与劳动局长通话，并讲明了他的看法，劳动局长也认为是这个理，这么一来，这第二关，又算闯过去了。

从第一关到第二关，虽然都算过去了，但是，应当看到这都是熟人的作用。这第三关是太原市。在太原，可以说，我是举目无亲，缺朋少友，一点关系也没有。闯这一关，恐怕是难上加难。

在去太原的路上，我非常发愁。如果最后这一关闯不过去，这个接班指标也就完了。如若到了这个地步，多么可惜呀！

客车已经进入太原市，我仍在苦思冥想。当车行至双塔寺街时，“新华社山西记者站”的牌子一下映入我的眼里，我想起一个人——新华社记者贾福和。两年前，他曾来我们公社采访过，虽是一面之交，但却发现他是个正直人，说话不拐弯，办事很果断。若去找找他，或许还会起点作用。

于是，我喊住司机，下了车，就去找贾福和。当我刚走进记者站大门，迎面就出来一个人， 我开口打听贾福和时，这个人笑了，他问：“你认不认识贾福和？”我说：“认识。”他说：“你是真认识，还是假认识？”这时，他笑得更厉害了，说：“我就是贾福和。”

我细细打量了一下，他比过去胖了许多，脸也晒黑了，我怎能够一下子就认出来呢？我也笑了……

他把我领进他的家里，向他爱人介绍了我的情况后，就让我住在了他家……

次日上午，贾福和就领着我去了太原市劳动局。那个办手续的人，头发白了一半。我把手续给了那个人，他看后就摇头说：“前几天就有人来问过这样的事，异姓后代不能接班。”

这时，贾福和说：“办事小心是对的，但也应该灵活点。”接着，贾福和就向他讲了这样三点：“第一点，退休接班，指的是直系亲属。也就是说，指的是和自己有血统关系或婚姻关系的人，如父母、夫妻、子女等。可是，外祖父和外孙女，虽不是同姓，但都是血统关系，也等于自己的孙女。如果硬抠同姓，许多媳妇都不是同姓，为什么也能接班？咱再说第二点，农民吴有良，家庭十分困难，老岳父送给他一个接班指标，等于送给他一棵摇钱树……我们对穷人，应该是关心才好。第三点，今天来办手续的人是梁忠文，他与吴有良一不沾亲，二不带故，只是他们公社的书记，专来太原为吴有良办事，谁能做到这一点？”

“你是什么人？”办事员见贾福和讲得头头是道，便想知道他是谁。

“我是新华社山西分社记者贾福和。”

“噢！噢！——怪不得你讲得这么好。我是个胆小怕事的人，再有两年就要退休，不愿给自己招下麻烦。这样吧，我向省劳动厅请示一下，看能不能办？”说着，他就摇通省劳动厅有关部门的电话，讲了这件事，得到的回答是：“完全可以办理。”

这么一来，最后这一关算又过了。

当我把这个“千斤重”的手续送到吴有良家里时，吴有良与老伴淌着热泪，双双跪在了我的面前，我赶忙扶起他们说：“不要这样，你们家的事，就是大家的事。我是书记，就应该这样做。”

2. 抚养孤儿杨红旗

题 记

作为乡党委书记的我，在途中遇到一个哭妈妈的孤儿，知道他无法生活时，你能不救吗？于是，我便将这个名叫杨红旗的孩子收到乡政府，当了通讯员助手。三年后，他长大成人，便给他安排了工作。而后，还帮他找了个对象，终于抚养他成家。

1984 年夏天的一个下午，我从西关壁村动身步行回乡里，路过东关壁村时，听到一个孩子的哭声："妈妈呀，妈妈！你为什么走得这样快！丢下孩儿，怎活呀？"

我抬头一看，在不远处的一块林地里，有个孩子趴在一垛新坟前哭……

我走过去一看，是个十四五岁的孩子。他没有听见我过来，仍在继续哭。当我叫了声"孩子"时，却吓了他一大跳，他就赶忙坐起来了。

我开始问他话："你叫什么名字？多大了？你是哪个村的？"

他虽然还在哭，但却回答得很清楚："我叫杨红旗，今年 16 岁，就是东关壁村的。爸爸先死，妈妈后死，不到两个月，就都死了。丢下我一个人无法活，就来哭妈妈……"

这一说，我完全明白了：这是个苦命的孤儿，得想办法帮他。于是就说："孩子，想哭就哭吧！哭哭妈妈也痛快！……"

我本来是要直接回乡里的，这样一来，我必须进东关壁村，去了解这个孩子的情况。我走进村委办公室，正好碰上包村干部申秘书（党委秘书）。

当我问起这个孩子时，他也在发愁，他说："他母亲才死了半个月，一个人在家里，别说做饭，连火也看不了。这孩子真苦啊！这该想个什么办法呢？"

他在想，我也在想：乡里的通讯员，已20多岁了，应该安排工作了。这个孩子虽然还小，来个大带小，工作上两年，再打发大通讯员走，也还不迟。当我提出这一意见时，申秘书非常满意。

于是，我便让申秘书具体帮助这个孩子，洗洗衣服，拆拆被子，过上两三天，就把他送到乡政府。申秘书把这件事讲给这个孩子后，这个孩子高兴地掉了泪。

第三天的早上，申秘书就领着这个孩子来了。一见我就抹泪，我知道他流的是感激的泪。因为他想不到，他会来到乡政府。

我们把两个通信员叫在一起，把该讲的话讲了后，他俩都高兴……这样，只过了一年半时间，杨红旗就适应了工作。

从接受杨红旗这一天起，我就背上了包袱：因为他是孤儿，又是我亲手接受的，我就得负责，我就得当作亲生儿子去看待，我就得把人家抚养成人。因而，我把杨红旗放在心上，时时刻刻地在关心着他，爱护着他。特别是到了严寒冬季，你就得给他买顶帽子戴；手冻得伸不开指头，就给他买双手套戴；脚上的鞋破了，就给他买双鞋穿。为此，我专门给他买了一双军用棉鞋，一连穿了两个冬天。平时吃饭好办，乡政府灶上的饭，顿顿做得香甜可口，让他吃好。世界上就有这种怪现象，你越怕发生大事情，就越要发生大事情。

1985年12月6日早上，都起床了，唯有杨红旗没起来……关秘书在门外连叫三声，也不答一声。蹬开门子，进去一看，杨红旗躺着一动不动，用手摸了摸鼻孔，还算是有气，坏了，原来是煤气中毒了。

这该怎样办呢？农村里的土办法，就是抬在地上凉。于是，就抬到了地上，一个小时过去了，还没凉过来，大家都急了，尤其是我，不知何时就淌下了泪水。

关秘书的老伴正在这里住着，她用农村的土办法，在红旗的人中穴里，狠狠地扎了一针……按说，应该出血，却没有出血，我害怕了。这时，关秘书二话没说，就跑到乡卫生院，叫来了李医生。李医生看过后，有点担心地说："中毒不轻呀！现在只有一个办法，就是提气，把气提起来后，或许还会有救。"用什么办法提气呢？他开了三味草药：东参、麦冬、五味子各3克。

关秘书把药抓来，煎好后，便由关秘书掰着嘴，我来半口半口灌，把药灌完了，还是一动不动。李医生说："现在只好碰了，如果他三生有命，就会碰回来……"这时，我已经傻了，只往坏处想……

就在这时，红旗的嘴唇动起来了，他的眼睛睁开了，扎在人中的针也出血了……我的天哪！我的孩子，终于活过来了……

从此，我再也不敢让红旗一人住一个家了。我把他安排在申秘书家，由他来照顾他。

到1986年，杨红旗已经18岁了，正巧省电三公司来招工，我们便推荐了杨红旗。

走的那天，我们专门租了一辆吉普车，把他送到长治市漳泽水库——省电建三公司驻地。

两年后，杨红旗挣了钱，就在村里建了一栋房。我感到这孩子该成家了，申秘书在本乡河口村，给他介绍了一位美貌俊俏的姑娘。这天，就把他们叫到了乡政府。原想让他们俩先见见面再说，谁知俩人都是一见钟情……不到两个小时，他们就向我告别，说是要先到女方家看看。

我把这一对有情人送出大门外，见他们喜笑颜开地向我摆手、告别时，我的心，不知是酸，还是甜，不知我是乡书记，还是他们的当家人……我两眼含满了泪水，向他们摆手，心里不住地说：红旗呀，我的好孩子，你总算长大成人、成才、成家了，我该歇心了！

3. 帮助双目失明人过上好生活

题 记

当一个父母双亡、妻子改嫁、又无子女、无法生活的双目失明人找到你时，你该怎样对待呢？作为他的“父母官”，必须当亲人看待，必须解决他的困难，必须让他也过上幸福生活！——这一点，我说到了，也做到了！

1984 年 12 月 6 日的早上，我刚刚起床，就听见楼下院子里有两个人在争吵：一个说：“我是非要见见梁书记不可。”另一个是关秘书，他说：“梁书记昨夜在西庄开会，回来得很晚，还在睡觉，你不要打扰他。”这个说：“不打扰可以，但我不见到梁书记，我就不走，我可以在院里等。”关秘书说：“天这么冷，你还是回去吧！要不，你就对我说说，我把你的话传给书记。”

“不行，不行，说什么也不行……”这个人越说越硬。

关秘书说：“你不要太不讲理！”

“我怎么不讲理？我想见见书记，有错吗？”

我弄不清这个人是个谁，就走出楼门外，问关秘书：“你和谁吵嘴？”

“你不认识，是集店村的一个双目失明人！”关秘书说，“你很累，再睡睡吧，不要接见他。”

“什么？不见哪行！”我放大嗓门说，“越是这样的人，越得见，要知道，这是最苦的人啊！”

“你真是个好书记，你说的这话，多使人上气！”这个双目失明人大声说。

于是，我便让关秘书把他领上楼来，他顺着我的话音，走在我跟前，摸到我的手，就“扑通”一声跪下了，他说：“梁书记，我总算见到你了！”

我立刻把他扶在椅子上，说：“不要客气，有什么你就说吧！”

于是，他的话匣子就打开了——

他说：“梁书记，我已来过三次了，找不到你。今天我起了个大早，才算找到你。我叫崔木林，就是集店村的，今日来找你，是想让你救救我。五年前，还是‘大锅饭’时期，村东田间住着一窝狐子，到晚上，就来村里偷吃鸡，一个黑夜就要吃掉好几家，弄得老百姓都不能安生。为了给老百姓除害，我就在一个夜里，用炸药去炸狐子。虽把狐窝崩掉了，但却使我受了重伤，不但崩瞎了我的双眼，还崩掉了一只手（右手）。这么一来，坏了大事：妻子和我离了婚，爸爸气死了，妈妈几年后也走了。左邻右舍看着我很可怜，就轮流养活我……可是，在短时间内，麻烦左邻右舍还好说，时间长了，我就不忍心了。

“两月前，有人告诉我：‘咱们乡的梁书记是个好书记，他为人民办事很诚心。’西庄村的吴有良，有个女儿，因接外祖父的班，是异姓，接不了，就是梁书记你，连闯三关，为他办通的；东关壁村的孤儿杨红旗，父母双亡，又是你把他安在乡政府当了通讯员……听到这些事情后，我就想来找你，你一定会解决我这个瞎子的困难。”

我听了他的叙述后，深感他是个大苦人，他的困难比谁都大。因为他没有了眼，什么工作也不能干。假如他是个瘸子，也可让他看大门。

那么，这该怎样办呢？我思来想去，只有一个办法，来乡政府吃饭。当我提出这一办法时，他却不同意，他说：“你是好心，我领了。但是，却不能这样做，乡政府是个办公地方，人来客往的，一天起来，不知道要接待多少人，人家看到我这个瞎子在这里吃饭，多不体面……弄不好，还要影响乡政府的正常工作哩……”

木林讲得倒也在理，可这一时半晌的，哪能会想出个好办法来呢？于是，我说："木林，你说说你的想法，我听听看？"

"梁书记……梁书记……不好说呀！"他一连叫了我几声，也没敢说出自己的心里话。

我说："不管办到办不到，你都可以说说！"

"我是说，不管好赖，能给我找到个媳妇，能将就给我做了饭，我就满足了。"

"好吧，我试试吧！"

他走了，我却作了难，到哪里找这样一个媳妇呢？……我每到一个村下乡，总不免要说说这件事，看能不能找到这样一个媳妇，哪怕也是个残疾人呢，只要有眼睛，能将就做了饭，也就把这个问题解决了。

可是，我一共问过十多个人，都是摇摇头说，不好办。

半个月之后，木林又来了。

我说："木林，我真尽到心了，这个对象很难找。我又想了一个办法，你看怎样？就是由民政上每月发给你150元钱，到街上买的吃吧！一天5元钱，够不够？"

木林想了想，说："一天5元钱，满够吃，但是，却不能这样做。这样做了，会带来两个不好：第一个不好，不合理。我的'五保'费，一年是600元。如果到街上买的吃，一年就得1800元，超出应领'五保'费的两倍，不应给国家找麻烦。第二个不好，不得劲。因为咱是个瞎子，又不讲卫生，长期去饭店吃饭，会影响人家的生意。"

木林讲得仍有道理，我只好对他说："你让我再想想吧！"

一天，我到李掌村下乡，中午，一个小青年来叫我吃饭，一进门就说："梁书记，你天天吃着'百家饭'，都是想着法子给你做好饭哩，多好呀！"

"百家饭？"就是这三个字，给我送来了灵感：何不让木林也来吃"百家饭"？尤其，集店村是个700多户的大村，一户管木林一天饭，两年才要管一次。对于这样一个苦人来说，谁还白管不起一天饭？况且，都会给他做好饭，他会过上好生活。好办法，好办法。

我回到乡里，当天夜里，就叫来了集店村支书。当我把这一想法讲出后，当下就得到了他的赞同。他说："这倒是个好办法，这样一来，木林的生活问题也就解决好了。为了办好这件事，咱可以来个三带头：支委带头，党团员带头，村委干部再带头，全村也就轮起来了。"

次日上午，因工作需要，支书便召开了个党、团、干大会。支书在会上安排了当前工作后，就提出了木林的问题。他把我的想法带到了会上，大家都表示同意。他们说："木林是咱们村的人，对于这样一个苦人，就应该这样关心他。咱们村共有700多户人家，两年才要轮一圈，谁还在乎他这一天饭……"这样一来，崔木林从此就吃起"百家饭"来。

4. 帮助桑枝秀大办养猪场

题 记

王家河大队的桑枝秀是个养猪能手，就因为缺资金、缺场地，没法干，灰心在家。他想不到，我给他来了个雪中送炭：不仅解决了场地，还给他在信用社贷款3000元。使他创办了壶关第一家个体百头猪场。他成为晋东南地区的劳动模范。

1981年五一劳动节的早上，我开了个包队干部碰头会。一吃过早饭，就都下乡了。唯有行政秘书、包队干部关三魁留在后头，要我与他一同到王家河大队看看。我说我很忙，改天再去吧，但他却特意向我讲了一个人。

他说，有个社员桑枝秀50多岁了，是早年间从河南迁来的，他从小就学会了磨粉、养猪。多年来，因为批判资本主义，别说个人开粉坊，就连养头猪，都要受到批判。如今，传来了十一届三中全会的好政策，农村又进行了大改革，连土地都包在户下了。可见，开粉坊、养猪，完全可以干了。但是买设备、买猪、买原料（指玉米）等，都得先花钱。先有了钱，才能去考虑养猪场地。他算了算账，至少得3000元，才敢开张。于是，他就先到信用社贷款。而信用社办事员不认识他，见他又是个老实疙瘩，怕把款贷给他，收不回来，就给他出了一道难题：要他找上三个保人来贷。他到哪里去找这三个保人呢？就这一条件，他就打了退堂鼓。这时，有人指点他，要他到乡政府找领导。他说："我的天呀！人家信用社不给贷款，我去找领导，不就等于是告人家信用社的状吗？再说，我从来就没有进过乡政府，我哪有胆量去找人家领导？罢罢罢，算了吧！”

我一听，是这么回事，就使我想到：人在最困难时刻，我们应该帮他一把，来个雪中送炭。

我们见到桑枝秀，经关三魁一介绍，桑枝秀就红了脸，他结结巴巴说：“这……这……这，怎么把梁书记也惊动来了？”

我问他：“你需要多少钱？多大场地？”

他说：“资金需要3000元。场地，有三间房子、三分地大的场地就行了。”

我记得，在“大锅饭”时期，王家河大队曾经办过个猪场，但不知还存在不存在？当下就叫来支书秦祥喜落实。秦祥喜说：不但在，还挺大哩，有房子五间，场地半亩。先借给他用，等他挣了钱，再说租赁问题。

接下来，我就给信用社通话，看信用社能不能贷给他3000元。这么一来，老桑高兴极了，他一再表态：一定要办好这个猪场，一定要做出个好样子。

三天之后，老桑就亲自上门找我来了，他说：“梁书记，真不想再来麻烦你，可是，又不行，买猪还缺300元，借不来……”

我一听，只短300元，就将我手头的300元钱借给了他。他虽然感到不好意思，但也拿走了。

一星期之后，他又来找我了，说是磨粉的原料（玉米）很不足，要我到粮站先给他借2000斤，不用一个月，就会还回来。于是，我便领他到粮站，借了2000斤玉米。

这样一来，仅半年时间，他的“仔猪、膘猪”圈存量就达到160多头，成为壶关历史上个体养猪百头的创始人。这期间，晋东南地委书记白清才曾来访问过他。这年年底，他共磨粉5万斤，养猪218头，其中，向社员提供仔猪103头，交售给国家肥猪80头等。年收入8000元，全家5口人，人均 1600 元，超过本大队人均收入 80 元的 19 倍。因此，桑枝秀被评为晋东南地区的劳动模范，受到地委的表彰。地委书记白清才鼓励他说：“回去好好干，到明年这个时候，咱再见！”

5. 帮助侯天乐闯“难关”

题 记

烧砖专业户侯天乐，在捏屋脊时遇到了技术上的难题，就求救于我。我费了很大气力，跑到赵村，找到一位老艺人，总算解决了这一难题。然而，我万万想不到，我因此受了重伤——左上臂骨折了。即便是这样，也算为民办了一件好事。

1982 年 6 月 9 日上午，回龙庄大队的侯天乐打来电话，说有个急事，要我去一趟。我立马就蹬车去了。

我一走进他的砖瓦厂，侯天乐就皱着眉头说：“梁书记，有个问题我实在解决不了啦，将就能行的话，我也不叫你……”他说着，就领我到另一个场地，指着地上的一片土坯屋脊说：“你看看，都崩成甚了？……”

经他一说，才知道，他的岳父只是传给他筒瓦、花瓦、勾沿、滴水等十余个瓦的品种，就去世了。还有一些大型品种如屋脊、兽头等制作技术，就没有来得及传给他们。如今有一些订货户，首先订的就是屋脊、兽头。一月前，常行乡有三家来订货，其中光屋脊就要 100 个，兽头 20 个。没有这两种货，人家就什么也不订了。而且出的价格还很高：一个屋脊 2 元，等于 40 个瓦的价格。应该是宁捏一个屋脊，不捏 40 个瓦。可是侯天乐不会捏屋脊、兽头，又不想失去这个买卖。这该怎样办呢？侯天乐是个大能人，他发现村东有座破庙，庙顶上就有屋脊与兽头，他就有了办法：就以此为标本，用水泥做成两个模型，将泥装进去，倒出来，就成了屋脊与兽头的土坯。对于这一做法，应该说，侯天乐想的、做的都对，应该成功。然而，却失败了——将土坯屋脊摆在太阳下一晒，就都崩碎了……有人说，放在背阴处，晾干，或许就不崩了。于是，侯天乐照此意见试了试，还是不行。侯天乐既然把我叫来了，自然是想让我来帮他解决这一问题。天无绝人之路，我终于为此想出一个出路：这就是，百尺镇赵村过去曾经有人开过砖瓦窑，屋脊、兽头等都出过。那里一定会有老艺人。于是，我当下就决定去赵村一趟。那里我还有个表弟叫郭石仓，可求他帮忙。

从这里到赵村，有 40 里地，都是土路，不过只要不下雨，蹬车去，有两个小时也会到达。可是，怕雨就有雨，只走出去 20 里地，就来了雨，还是一场猛雨，把我的衣服全湿透了……尽管只下了一阵雨，这车子就不能蹬了，只好推着车子走。走几步，就得用一根小柴棍刮刮泥，泥泞的道路，使人寸步难行。这 20 里地，足足走了两个小时，才算来到赵村。这时，已到下午 3 点了，肚子饿得咕咕叫。

表弟见我成了个落汤鸡，就给我换衣服，可他是个小个子，我是个大个子，哪能穿上他的衣服？不行也得行，我总不能光着脊背。天气，好像专门与我开玩笑，就在这时放晴了。

吃过饭后，表弟才问我：“哥，冒着雨来，定有什么要事吧？”当我把这一问题讲出后，他却有点吃惊说：“你来得好危险呀！这村里倒确实有这么个老艺人，可是，这个人已经有 80 多岁了，早已卧床不起了，连话也说不清了，他的后事，家里早已准备好了，随时随地，都有咽气的可能。我可以领你去见见，如果能够得到他的口传，也算圆了你的好梦。”

这时，我的衣服已干了，我穿好衣服，就与表弟一同去。走在街上，还给老人买了两包点心。

我们进得门来，只见老婆一人在家陪伴老人。当我表弟轻声地把我的来意，慢慢地一句一句地讲给老人后，老人听懂了，但就是发不出声来，只是一直张嘴，我表弟只好将耳朵贴在老人的嘴唇上，慢慢听，老人张了七次嘴，大概是吐出七个字，表弟都听懂了，这就是："把棉花和在泥里。"——这就是我要取的"真经"（据说，我走后的当夜老人就去世了，真危险呀）。

这时，已到下午6点了。表弟让我住下，次日再走。可是，我的心早已飞到侯天乐家，恨不得很快将这七个字，送到侯天乐的手里。

我离开赵村往回走，还是泥泞路，仍不能蹬车子。如此行路速度，至少也得走4个小时，到晚上10点钟，才可能回去。

怎样办呢？我想出一个办法：从五集村拐到长陵（从长治市到陵川县）公路，从长治方向回壶关，就能够早点回去。

从赵村到五集，这10里地，因都是便道，不上就下，更不好走。又用了一个多小时，才算走上长陵公路。这时，虽已7点多了，但因路好走，我就跑起野车来。从五集到荫城，虽有20里地，但只用了半个多小时就到了。

从荫城到长治，这50里地中，不知为什么，路面越走越宽；又不知为什么，来往车辆都是靠左行。右边根本无车走……无形中，为我让开了一条赶路条件。因而，我紧靠右边，加大力气，更加飞起来……天虽然黑下来了，但又升起个半圆月亮，仍能跑飞车。离村越近，我的心里越欢喜。就在这时，不知为什么，我的车子飞在了空中，接着就摔下来了，头昏了，眼花了，什么也不知道了……老半天，才清醒过来，这才知道自己是摔在了沟里，左胳膊已经抬不起来了，车子也摔坏了……这时，只好大声喊："救人啊！救人——"

就在这时，只见一辆大卡车停住，走下一个人来问："你是怎么了？"

我说："我也不知道为什么跌在了这里。"

此人一看便知，于是说："这是长陵公路在右边扩宽。这一边还没有修成，还不能通车，而你正好走的是这一边。这一边，才修在这里，前面还是一条三米深的壕沟。你一定开的是飞车，正好落在深处。"

此人心肠极好。他把我先扶在车的小轿里，然后把我的自行车，放在马槽上，才开车走。

他把我的伤情弄清后，就直接送到和平医院急诊室。这时，正好遇上护士赵爱心，而赵爱心正好是我的学生。她把情况问清后，就替我表扬了这位师傅，送师傅走了。因我受伤较重，痛得厉害，就忘了问问这位师傅姓甚、名谁、哪里人，又因是黑夜，既看不清师傅的面孔，也没顾上认认车号……这使我十分后悔，不知什么时候才能够找到这位救命人。

我的胳膊，看起来很严重，实际不严重，只是左上臂骨折了，把骨头对好，打了个石膏，就算完事了。

我在和平医院住了三天，第四天回到县上，就通知侯天乐来取“经”。侯天乐见我为他取经受了重伤，就掉了泪。

我说：“我受点伤，是小事，取回‘经’来是大事。希望你赶快把这一产品搞成功……”

侯天乐用这七个字试验后，效果很好：他把捏出来的屋脊、兽头放在太阳下，无论如何晒，也晒不崩。这一来，他的产品销路很快就打开了，不仅销在本县，还销往长治、潞城、平顺等地。

修身篇

XIUSHENPIAN

1. 如何做到忠孝两全
2. 如何处理人情往事
3. 如何对待他人告状
4. 如何对待提拔

1. 如何做到忠孝两全

题 记

自古有忠孝难以两全之说。在我说来，既要尽忠，也要报孝。母亲得了癌症，我是唯一的儿子，必须侍候；我是公社书记，又不能离开工作岗位。怎么办？人到急处，办法就来了，这就是，接上妈妈去上班。

1981 年阴历十二月十六日下午，我从公社回到县上，进门不久，二女儿翠芳就把我叫到灶房，未曾开言，就眼泪汪汪，而后吞吞吐吐说：“爸爸，我奶奶有病了，一吃硬饭就吐。”

这一说，我慌了手脚，八成是那种病。于是，我便紧迫地问：“你怎么知道的？”

女儿哽咽地说：“要过年了，前天，我妈打发我回家，给奶奶送去了白面与大米。中午吃了顿大米饭，奶奶吃了几口，就都吐了。”

这一细说，我的心如同针刺，如同火烧，如同刀割，我的眼泪如同大雨，落在胸前。我的爱人张书英，马上安慰我说：“要冷静，要沉住气，也许是别的原因引起的呕吐。”尽管爱人讲了很多话，也说服不了我。这天夜里，通宵不眠。

次日一早，我就蹬车回家。50 里地，用了不到两个小时就到家了。进门一看，当下就让我心酸起来：妈妈原是个圆盘大脸，红光满面。如今，却瘦成个三角形，面黄肌瘦，已不像人样。妈妈见我来得这样早，就惊慌地问：“孩子，以往来家，总要到晌午才到。今日怎么一早就来了？”

我说："快过年了，我赶回家来，看看还缺什么东西。"

"大前天，翠芳已送来大米和白面，有粮吃就行了，用不着再买什么。"妈妈有气无力地说，"你一定没吃早饭吧？我来给你做。"

我说："一早起来，就吃了饭，等中午吃吧！"

我坐下来，绕着圈子，问了问妈妈的病情。妈妈说："别的病没有，就是身上没力气，不能吃硬饭。不过，过了这个年，我就81岁了，人老了，吃不下干饭也是正常的。"

中午到了，妈妈要给我做饸饹，这是我最爱吃的饭。但是，今日不能吃这个饭，必须是大米。因为我要试试妈妈，究竟能不能吃大米，于是说："最近从河南买来一百斤大米，不知好不好，今中午尝尝吧！"

"我和翠芳已经吃过了，就是有点硬。"妈妈说，"也许是水放得少了点，就硬了。今中午，水多点，看怎样？"

妈妈按照我的意见，做了大米饭，炒了土豆丝。她给我满满盛了一大碗饭，我很快就吃了。而妈妈只盛了半碗，还浇的是菜汤，汤饭搅在一起，老半天吃一口，才要吃下去。到后来，半口也吃不下去了。

于是，我说："妈妈，你慢慢吃，看怎样？"

妈说："这就不是快慢的问题，而是吃到一半就堵住了，喝一口菜汤，才能慢慢咽一口。"

一切的一切，都明白了——天哪！这不是食道癌是什么？我有个同学是医生，曾经向我讲过：凡吃不下硬饭者，不是食道癌，便是贲门癌，一到吃不下饭的时候，就晚期了，就无法治了。

我的心里流泪了：往事就像电影一样，一幕一幕地出现在我的眼前——

1941年—1943年连旱三年，颗粒不收，寸草不留，饿死的人，处处可见。那时，我已记事，只见爸爸打工走，不见爸爸回家来。家里四口人（妈妈与我们兄弟三人）的负担，全落在妈妈一人身上。在这种极端困苦的情况下，妈妈她有什么办法呢？为了活命，她只好来个保一舍二。就是，保下我这个老大（长子不出门），忍痛割爱地卖掉两个弟弟。

两个弟弟，卖了两斗米，能吃多久？加上野菜，省吃俭用，也不过三个月，就又饿起肚来了。

就在这时，有个人找上门来，问我妈妈说：“你就是李海春吧？”我妈说：“是啊，你有甚事？”经这个人一说，才知是我姥姥让他来的。因为他要给店上镇的一家雇奶妈，一月给一斗米，问我妈妈愿去不愿去，我妈说：“哪能不去呢？在这个年头，半斗米谁给哩？”于是，妈妈把我送到姥姥家（寨河村），就去当奶妈了。

妈妈走了一个月，我就生了一场大病。不知什么人告诉了妈妈，妈妈急了，向主家要了一斗米，半夜就起身往家来。天不明就到了，我和姥姥还在睡觉。妈妈捏着一把汗，坐在门口，静静地听铃声。因为妈妈在我的背上缀了一个小铜铃，只要我一动，铃就响了，铃一响，就证明我还活着。天明了，妈妈听到铃声响了，才放下心来，开口叫门。妈妈一进门，就将我抱在怀里，泪流满面，泣不成声。

妈妈只当了一年奶妈，人家的孩子离奶了，就把妈妈打发回来了。妈妈回来不久，姥姥就去世了。这该怎样办呢？妈妈又想起了我的姑母。姑母家种着几十亩地，不愁吃，不愁喝，希望能够在她家住上几个月才好。姑母家在壶关县城北面，离我们家 70 里地。这天，因为起身迟了，到天黑才走到宋堡村（约 40 里地）。这个村离壶关县只有 10 里地。住在壶关城的日本人常来这里“扫荡”，谁也不敢留人。有个好心人告诉我们：“村北大路边，曾有人开过旅店，因兵荒马乱，已没人住了，你们到那里的破房中去住一晚。”没有办法，只得这样。我们摸黑找到这里后，所有房子，都没门扇。我们只好找到一个墙角落，在角落前摆了一大堆石头，然后，由妈妈背靠角落，把我紧紧抱在怀里过夜。一旦有什么动静，就用石头打。

心里怕什么，就有什么。半夜里，果真有了动静，不知是狗还是狼，从门口扑了进来，妈妈马上就抓起石头来打，打了一阵打跑了。过了一阵，又来了。妈妈就又打，一连打了三次，天明了，什么东西也不见了。我们才走出来，继续往姑母家走。

姑母家也无法久住，只住了两天，就让我们走。这天早上，只吃了一顿麸疙瘩，我们就离开了姑母家。

我妈早就想哭，但不敢哭，直到走出村外，不见人了，才哭起来："孩子，这里离咱家70里地，连一点吃的东西都没有，哪能回到家？"就在这时，我发现一颗枣树下，落下一片枣，妈妈一看，虽是"落风枣"，也能吃。妈妈说："快拾，这就是老天爷在照顾咱。"于是，一顿饭工夫，就拾了两升。就这样，一路吃一路走，总算回到了家。

就在这时，太行山一声春雷响，来了救星共产党。共产党给我们穷人发放救济粮，每人先发30斤小米，我们母子俩领回60斤。这真是天上掉下来金珠珠，把我们救活了，当年冬季，就进行了土地改革。我们家翻了身，分了三间房子、六亩地，有了自己的救命田。妈妈激动地对我说："孩子呀，千万要记住一句话：翻身多亏毛主席，吃水不忘打井人。"妈妈是个非常勤劳的人，除种好六亩地外，还要养猪、养鸡……一年下来，光粮食就要打到2000斤，还需卖掉1000斤。所以说，既有吃，又有花，苦日子一去不复返。

这个时候，我已经12岁了。只想跟着妈妈种好地，当个好孩子。然而，我却想不到，妈妈是个奇怪人：她本人不识一个字，却要供我上学念书。她说："旧社会，咱们家里穷，辈辈出的是瞎汉。如今共产党给咱送来了幸福，咱就得去念书。"从此，我背起书包走进校门，一念就是10年，一直花的是妈妈的钱。后来，我虽然参加了工作，又成了家，但还要花妈妈的钱。因为，我一结婚就生孩子，一连生下六个，负担一天比一天重。尽管我们两人都在外工作，但在那个年代，长期不调资，我们两人才挣着66块钱（我40元，她26元），养活着八口人，能不困难吗？因此，粗粮与蔬菜，仍是妈妈供给……后来，我虽然当了乡镇书记，但也是个穷书记。我是行政21级，57元；爱人是企业工资，35元。两人合起来，才92元。然而，孩子们一天天长大了，都在上学，都要花钱，哪能不困难呢？因而，多亏了妈妈的帮助。可以说，从生我、养我、育我，到成人、成才、成家，都是妈妈一步一步地把我拉扯过来的。我不知欠下了妈妈多少“债”。至今，40多年过去了，妈妈已病成了这个样子了，我还未向妈妈尽过一份孝心，我的心里哪能不流泪呢？

以往过年，不是我们全家回来，便是把妈妈接到县里。今年不行了，既不能让妈妈去县，也不能让全家都来。得了这种病，人多了，吃不下饭，就会更伤心，所以，只好由我一人来家，陪着妈妈过年。

过年了，我只能随着妈妈来，她说吃甚就吃甚。我不会做饭，只能帮妈妈洗洗锅，看看火，扫扫地，干些小零活。

年过罢了，假期到了。面对妈妈的癌症，我得上班，这该怎样办呢？按理说，到了这个地步，我必须请长假，在家侍候。县里，爱人带着6个孩子，还要上班，天天累得她不可开交，只能由我一人来尽这份孝心。

可是，我管着全公社14 000口人，去年实行了包产到户，才解决了老百姓的吃饭问题，今年的重点任务是解决老百姓的花钱问题。全公社有10个大队，年内要建10座机砖厂，需要投资100万元，困难很大，都得我亲自去解决。同时，包产到户后，还有很多遗留问题，也得我去处理。比方东长井大队，因卖骡马，有人就告到了长治地委；三家村，因承包果木园不公，也有人告在了县里……这些问题，都在我的心里记挂着。尽管我的身在家里，但我的心，却一直在公社里。既想尽忠，又想报孝，哪能做到这忠孝两全呢？

就在这时，主任薛天补来了。因公社里发生了一些事，急需我去解决。当我把妈妈的病情讲了后，意想不到的是，老薛竟提出一条建议：要我接着妈妈去上班，把妈妈接到公社里……我一听就反对：我是一把手，不能带这个头，让别人笑话。

而老薛却说："你把老娘接来公社大院，不但不是坏事，反而是好事。第一，你是独子，怕影响工作，接老娘来上班，还能说是坏事吗？群众不但不笑话，还会称赞你；第二，咱们公社大院，已经住了十多户家属。你把母亲接来了，就会成为一个完整的家属院。从领导到职工，都住在一起，有老有小，该有多好？第三，母亲病了，总该想办法治吧？咱们公社离长治和平医院最近，超不过20里路，给母亲看病最方便；第四，母亲守在你身边，你会安心工作。"

老薛这么一说，当下我就想通了。这样一来，可以做到忠孝两全。

当我把这一想法讲给妈妈时，妈妈却想不通。无论我怎样解释，妈妈都不回答。无奈，我只好跪在妈妈面前哭。

妈妈见我哭得抬不起头来，才开了口："孩子，不是我不去，是我不愿给你招麻烦，影响你的工作。你身为书记，接着老娘去上班，人家会笑话的。人活70古来稀，我已经81岁了，还死不得吗？只要你的工作好，老百姓都拥护你，就是妈妈的最大心愿，就是你的最大孝心。再说，我已经病成这个样子了，路也走不动了，哪能去公社住呢？恐怕连百尺（车站）也去不了。"

这时，我抬起头来说："妈妈，只要你答应我去，我保证背你到百尺，坐上车走。"

妈妈说："百尺离咱村再近也有三里地，你哪能背动我呢？"

"你要知道我是背妈妈呀！肯定能背动！"我费了八布袋力气，总算把妈妈说通了。

过罢正月十五，十六就动身了。倔强的妈妈，要拄着拐棍走，实在走不动了，才要让我背几步……来到百尺上了车，一个小时就到了县里。因为妈妈晕了车，不能再坐车了，就由我的三个女儿，用小平车送到了公社。

这一来，正像老薛说的那样，全院家属都来看望妈妈，关心妈妈，给妈妈帮忙。

风比马快，很快这事就传遍了全公社。特别是各大队的三大主干，他们都意想不到：按常理说，老娘病了，就应该请长假，在家侍候。但这样做，必然要影响工作。他们也不愿让我长期离岗。他们根本想不到，我会将妈妈接来公社，边尽孝，边工作。因而，他们都是抱着一种异常感动的心情，来看我的妈妈。他们看到妈妈已经病得不像人样了，就都皱着眉头说："梁书记，老娘病得不轻啊！要赶快救老娘，到和平医院动手术……"

是的，我就是要这样做的，这是我的最大心愿。无论花多少钱，我都要花。尽管我还是个穷书记，还有外债，就是贷款也要救妈妈。因而，三天之后，我租车拉着妈妈到长治和平医院去检查。

经过检查后，医生把我拉在一边，有点生气说："你就是她的儿子吗？为什么这个时候才来检查？对母亲为什么这样不负责任？告诉你，已经晚期了，已无法手术了。你早来半年，也有希望。"

天哪！——天哪！——老天哪！我的泪，止不住地流了出来！我的心，如同钢刀刺！如同焦油焚！我说："就是白花钱，我也要花，花了才痛快！"

医生见我很痛苦，就心平气和地说："你是个国家干部，应该懂道理。手术，动不如不动，不动，保养好了，也许能够活一年；如若要动，恐怕连半年都活不上……到最后，钱也花了，罪也受了，等于白扔2000块钱（手术费）。"这个结论，太伤心了，太可怕了，它给我妈妈判了死刑！我千后悔，万后悔，不该长期不回家，不该忘了妈妈的身体。

从医院回来后，妈妈对我说："你不要再瞒我了，从医生的眼神中看，就知道我的病情不好。千万不要为我动手术，让妈妈落个囫囵尸首吧！"妈妈的一番话，使我偷偷哭了一夜。难道说，妈妈就算完了吗？就再没有办法救了吗？

听说本县常家池村有个常占荣，是全县有名的老中医，曾经治好过癌症，我就上门去请。因人家年事已高，不能出门，只好听我说说，开了个处方。我抓了三副中药，前一副还有点效，后两副就不行了。

听说河南辉县有个乡卫生院，研制出一种治癌丸药，很多人都治好了，我就托人前去购买。买来吃了后，前几天，还觉得不错，一个礼拜后，就又不行了。

我正在苦恼时，黄角头大队的造林专业户路其昌来了，他一进门，就打开一个包包，取出一个大蛾子，说："这是榆树上生出来的。这种东西很难找，千棵榆树还碰不到一个。据老百姓传说，这种东西可治癌症。因此，我跑了很多地方，才碰到这么一个。不妨试试看，万一治好了，就是你的万福！"于是，我用药锅煎出来，先尝了尝，有点苦味，还能喝，就劝妈妈喝了。可是，仍不起作用。

很多办法都用过了，也不见效，只得听天由命了。

妈妈已经不能进食了，只得输液或喝点奶粉。

妈妈由于长期卧床，不能翻动，骶部和髋部都生了褥疮，疼得妈妈直喊叫。我看着妈妈太可怜，就买了三斤棉花，装了一条厚厚的褥子，给妈妈铺在身下。

不知什么时候，妈妈就生了痰，一直咳不透，一时三刻，痰就会堵住喉咙，上不来气，就要把脸憋青，把眼憋红，就有断气的危险……每当这个时候，我就急了，急得我团团转。后来，我就想了一个急办法：用我的嘴对着妈妈的嘴，吸痰，吸上两三口，痰就出来了，气就上来了。

一天，我的那位懂医的老同学来了，正碰上我用嘴给妈妈吸痰，就吓坏了他。他说："虽说癌症不传染，但要一直嘴对嘴去吸痰，也难说就不传染。尽孝心，谁也理解，但也需要注意自己的身体。"

我说："这是自己的亲生妈妈啊！在关键时刻，儿不救，谁救？"

老同学为我想了一个办法：用三味中药就能提气，把气提起来，痰也就上来了。这就是：人参、麦冬、五味子各 5 克。于是，我便买了这三味中药，让妈妈服用。

中秋节过去了。妈妈好像有了预感，知道自己没有几天了，就提出要回家。她说："孩子，我需要回家啦，我还想见见乡亲们。"

可是，妈妈已经站不起来了，只能用担架抬着走……回到家里后，不仅本村的乡亲们都来了，连远方的一些亲戚们也都赶来了。乡亲们说："你妈受了一辈子，应该好好安葬一下。"

我向妈妈提出，到长治县买一副柏木板。但妈妈却说："早在去年夏天，我就用咱自家的木头，简单地做了一副板。"我不同意，妈妈就劝解我说："孩子，不要花那样大的价钱去买板。你养着一大家，都要花钱的，省下一分是一分……"无奈，我只好听妈妈的话。

妈妈在临终前的这天夜里，语重心长地说："孩子，西庄公社的老百姓太好啦！我走后，你就可以安心地去工作了。你一定要好好工作，对得起那里的老百姓。"

2. 如何处理人情往事

题 记

在母亲病重期间，曾有3个人送过700元钱，帮助我给母亲看病。然而，我都坚决地退还了。因为我总感到，这个“帮”字会让人变质变贪。

问题是从妈妈体检身体引起的——

1982年阴历正月十九日，我领着妈妈从长治和平医院体检回来的当天夜里，通讯员就告诉我：今天下午，他在供销社遇到几个大队支书在议论：“听说梁书记的母亲是癌症，要动手术。癌症手术，少说也得2000元。而梁书记是个穷书记，他的月工资才挣57元。三年不吃不喝，也才能够挣回这笔钱。咱们大伙应该帮帮梁书记。”

听了这番话，当然，心情是激动的，知道大家都在关心我。然而，这种做法，却是在给我帮倒忙。这样做了之后，社会上的人们就会说：你梁忠文，把母亲搬来公社，动机就不纯……因此说，这种做法，必须刹住。

于是，我就等待着他们的到来，来一个，刹一个。可是，等了半个月，也不见一个支书来。相反，一些个体专业户却来了。来送钱的第一个人，是王家河大队的桑枝秀。他来到公社，见我下乡了，就找到我母亲，放下500元钱，我母亲不收，他就说是欠我的，来还我的。

我下乡回来，一进门，妈妈就讲了这件事。我听后，就向妈妈解释说：桑枝秀是个养猪专业户，我帮他在信用社贷过3000元钱。因他买猪钱不够，我就借给他300元。如今，他还来500元，等于多给了200元。因此，我便把桑枝秀叫来，让他拿走，但他却说："就算我借给你，行不行？"

"借，应该是我找你，而不是送上门。这借与送，一字之差，性质就变了：借，就是有借有还，人之常情；送，就意味着不要了。这样一来，就必然要产生'诱惑'二字，就会使人产生贪图思想，最后走向犯罪道路……"经我这么一解释，桑枝秀只好接受。

妈妈见我退了钱，很是高兴，她说："孩子，你做得很对。我在咱家，在队里劳动一天，才挣 5 角钱。这 200 元钱算下来，就得劳动 400 天。这是人家的血汗钱呀，一分也不能要。"

来送钱的第二个人，是回龙庄大队的侯天乐。他进得门来就说："梁书记，人凭良心，虎凭山。既是做人，就得讲点良心，你帮我成了烧砖专业户，我已成了万元户。如今，你母亲得了重病，就应该帮帮你。没多有少，给你放下 300 元。"于是，我把对桑枝秀的做法，说了一遍，他还是想不通。就在这时，我的妈妈开口了："天乐呀，天乐，千万不要给我的孩子帮倒忙。让他平平安安地和你们工作吧！"这一来，侯天乐才算把钱拿走。

来送钱的第三个人，是西庄大队的关文兴，他是个烧石灰专业户。他见我下乡了，就给我母亲放下 200 元……我下乡回来后，不想再叫本人来取了，而是让包队干部捎去了。

几天来，一而再，再而三地出现这种情况，就使我有点奇怪了：是不是一些支书，在背后指点，让他们先打头阵，而后才要出面呢？还是这些专业户，因我帮了他们的忙，就来表示了？……无论是哪种原因，都是不正之风，都必须马上刹住！

如何刹呢？我利用一次大小队干部工作会，讲了三点，就刹住了。这三点是：第一点，我母亲病了，大家都很关心，我表示感谢。但是，却不要给我帮倒忙。最近，有几个人来给我送钱，我都一一退还了。我是只领情，不收礼。如果需要钱，我可以向大家借。但是，只能借，而不能送。第二点，我母亲的病是癌症，已经晚期了，不能动手术了。这个钱，就是想花也花不成了。第三点，我接母亲来上班，工作上必然要受影响。可是，我是独子呀，我要不管，就无人管了。请大家原谅……

从此，再也无人上门送钱了。

3. 如何对待他人告状

题　记

有一段，有人告我的状，我就给张维庆书记写信，想离开这里。然而，张书记却来信指出：要我好好学学唯物辩证法。我经过认真学习后，明确认识到：只要去掉头脑里的“私”字，就天不怕，地不怕，神不怕，鬼不怕，什么都不怕，无私者无畏！

张书记的第三次来信是 1984 年 9 月初。我猜想，这次的来信，一定是要说说我的工作问题。

8 月间，张书记（时任副省长）在长治地区召开全省改善办学条件现场会，来我们公社参观时，我便向他讲了我的工作问题。我告诉他，我再也不想在这里工作了，原因只有一条：1980 年秋，将我调入西庄公社任书记以来，从包产到户开始，就有人告我的状了。而且，一年比一年多，还超越了告状界限，由县里告，转向地委或省里告。是问题告，不是问题也告。比如，东长井大队包产到户后，集体的牲口与农具都无用了，我就主张作价卖给社员。社员们说，牲口下户吃得胖，农具下户寿命长。这本来是正确的，但却有人把我告到了长治地委，说我是又一次地破坏集体经济。包产到户后，吃饭问题解决了，花钱成了大问题。为解决这一困难，我们大抓机砖厂建设，这本来又是件大好事，却有人又告了我的状，说我建砖厂毁掉农田 300 亩，直接破坏了农业生产。

还出现过一件“怪”事，使我久久不能忘掉：是个炎热的夏季，一天，县委常委农政部长常友好突然来了，一进门就质问我："忠文同志，你是咋搞的？为什么还要让社员把化肥撒在土豆叶子上？"

我不承认："绝对不会有这种事！"

"走，看看去！"他见我不认错，就领我到西庄村北，让我往田间看，远远望去，果真有一片土豆地的叶子上全是白的。常部长说："有人又把你告到地委了。"

我从来没有这样布置过，也没有人倡导过，我还是不相信。我立马跑进田间，一看，真使人哭笑不得：撒在叶子上的白面面，全是石灰粉。显然，这是在消灭七星虫。我把常部长叫过来一看，他笑了。

可以说，从 1981 年至 1984 年，连续四年间，我一直是在告状声中度过的。我心里委屈，哪里还有心思再在这里工作呢？人活一世，草木一秋。不应该一直赖在这里不走，惹得人家一再告状，这图的是什么？我应该回县了，应该换换环境了。可是，这一要求该向谁说呢？自然而然地就想到了张书记。因为我是他亲手选拔、培养的，有什么话不可对他讲呢？

我满以为张书记的这封信，是要说说我的工作问题。不料，打开一看，却不是这个意思，而是与我探讨告状问题。他说："看问题要用唯物辩证法，要学会一分为二看。告状是坏事，也许是好事，怎样看待告状，应该是个关键性问题。"因而，张书记要我好好学学唯物辩证法，从唯物辩证法中找答案。

我深知张书记的用意，他还是心系着这里的民生，还是想让我继续在这里工作。这在他过去在壶关工作时，就已经表露出来：1981 年秋后，他亲自看到我们公社包产到户获得空前大丰收后，就高兴地说："你们为全县实行包产到户带了个好头，为解决壶关人民的吃饭问题摆了个样板。壶关是个贫困县，很需要典型引路。希望你在这里扎下根来，进一步搞好改革，多为全县起点表率作用。"有时，说是笑话，也是正话。一天，他来下乡，见我骑着辆"永久"牌自行车，便风趣地说："你是壶关人，就应该像这辆车子一样，永久地工作在这里。一个人嘛，无论本事高低、能力大小，只要在一个地方，做了对人民有益的事，就问心无愧。”同时，又使我回忆起，他往省里调走后，寄来的第一次信，就是要我学会当班长——这是为什么？不也是希望我在这里更好地工作吗？他总认为，我在这里有群众基础，受群众欢迎，就应该长期地在这里工作。

张书记想用唯物辩证法解决我的思想问题，其本意是要我加强学习，不断适应新形势、新要求。这是因为，我的理论基础本来就很差，加之到基层工作后，又养成一种只抓工作、不抓理论学习的坏习惯，自然就有很多理性东西不懂得，思想上的症结解不开，遇到难题无办法。然而，张书记便直接指出，要我学学唯物辩证法。他这样的要求，也许正是对症下药。

我经过一段时间的刻苦学习后，明确认识到：唯物辩证法的实质和核心，就是如何按照对立统一规律去解决存在的问题。也就是说，学习唯物辩证法，最主要的就是要学会分析和解决各种事物的矛盾，促成事物的转化，推动事物的发展，达到正确改造世界、改造自我的目的。

告状是坏事还是好事？用唯物辩证法去分析，你就会分清是坏事还是好事。这要看你站的是哪个立场：站在“私”字的立场上看问题，你就会认为是坏事；站在“公”字的立场上看问题，你就会认为是好事。我已从思想上深深认识到，告状是好事，而不是坏事。它不仅是利国利民的事，更是利己的事。这可从三个方面去认识：一、告状如同一面镜子。既是有人告状，就必然要拿出事实。在事实面前，你就得把它当作一面镜子照一照，看是什么问题，该不该解决，怎样解决。二、告状如同一处澡塘。只要告状，就要落实。通过有关部门查证落实后，总会给你一个说法，给你一个结论。就像给你洗了一个澡一样，可让你轻轻松松地去工作。三、告状如同警钟。每告你一次状，就等于向你敲一次警钟。即便不是事实，或与己无关，你也会受到一次教育，引起高度注意。因此说，必须正确对待告状，正确处理问题。

那么，怎样才能做到“正确”二字呢？要做到“正确”二字，就必须首先去掉自己头脑里的“私”字。因为有了这个“私”字，就会带来很多问题：不是谋私利，便是谋权利、谋荣誉。一句话，“私”字是产生一切问题的总祸根。如果把这三个“谋”字，换成三个“不谋”，不谋私利，不谋权利，不谋荣誉，就天不怕，地不怕，神不怕，鬼不怕，什么都不怕！——无私者无畏！

应当说，唯物辩证法很起效，很开窍，它已从根本上端正了我的认识，扭正了我的思想。它使我定下心来，不再胡思乱想了。然而，使我想不到的是，还有人用话来将我：刘有根、杨聚法等几个心直口快的大队支书，都来向我“开炮”：“你是不是想去哪里当大官？看不起我们这穷地方了？你是不是觉得我们不听话、不好管，伤着了你的心？”

这几个愣头青支书，本来就“挖苦”坏我了。哪知，又是一个想不到：一位特殊老人来了，这就是会龙庄大队的侯奶奶。老人家 70 多岁了，我马上迎进门来，问：“侯奶奶，太稀罕了，你怎么也来了？你有什么事，叫我一声，不就行了吗？”

侯奶奶笑笑说：“听说你想走，村上人就叫我来找你了，都说我在你面前说了算，你说算不算？”

“算算算，你的话不算，谁还算？”

侯奶奶说：“大家都说你是在我们正饿肚时调来的，你一来就搞包产到户，我们就有饭吃了，哪能忘了你？”说到这里，不知咋的，侯奶奶掉泪了。

我想，且不说我已定下心来不走了，即便上边来调我，我也不走了。人生在世，都是有情有意的。我绝不会忘了侯奶奶……

事情的经过是这样的——

1982 年春天，那天刮着风，十分寒冷，我们在山上栽树，我受了风寒，中午饭正好派在侯奶奶家。可是，我进的门来，什么话也没赶上说，就一头栽在炕上了……别说吃饭，连命都顾不住：浑身上下如冰棍，两眼紧闭短出气，霎时间，就休克了……这时，大家都慌了手脚，不知所措，说往县医院送吧，20里地，又怕来不及；说不送吧，眼看就没命了……就在这时，侯奶奶大显身手：先在鼻头上扎了一针（固定着），后在人中又扎了一针，接着就用红煤块（火里捞出的），放在盛醋的碗里，呛起酸气，对准鼻孔，冲了好一阵，我才算发出声来……接下来，就是在10根手指上放血……然后，又用大火罐在我的背部拔了数罐，身上才由冷变温发出汗来……就这样，好半天才算活过来。我这条命是侯奶奶捡回来的。如今，我哪敢不尊重侯奶奶的意见呢?

这一继续，就又是四年。在这后四年中，告我状的人，越来越少了。从我的感觉中看，关键是“无私者无畏”这五个字，成为我的护身符，对告状者，无所畏惧。告的对者，咱就改；告的错者，不理睬。

4. 如何对待提拔

题 记

我在集店乡工作的八年中，曾经有过三次晋升副处级的机会。然而，我却一一谢绝了。这是为什么呢？原因有两条：第一条，我绝对不愿辜负县委书记张维庆对我的厚望；第二条，我深深地爱上了这块热土，舍不得这里的父老乡亲。

我在集店乡八年的工作中，曾经有过三次提拔副处级的机会。然而，我却一一谢绝了。

第一次是 1985 年 10 月上旬，长治市委常委、组织部部长陈有根来了。他一见我，就满面春风地说："老梁同志，我来给你报喜来了！"

"陈部长，你又来笑话我了？"我边给他倒茶边问，"我会有什么喜？"

"要提拔你副处级哩！"

经他一说，才知事情是这样：最近，市里调整了一批干部，其中把老工业干部曹敏调为郊区区委书记。而曹敏却提出一条要求：因自己只懂工业，不懂农业，想让给他配备一名懂农业的副区长。

这个要求一提出，常委们首先就想到了我。这是因为 8 月下旬，长治市委四套班子来壶关视察工作时，重点视察了我们集店乡。通过看工业，看农业，都认为我们乡搞得好。特别是看了一大片庄稼，都是"三层楼"：底层是豆子，中层是谷子，上层是高粱，充分体现了科学种田做法。四套班子看了后，一致认为，我们的农业是个好典型。张正书书记大大表扬了我们，还让市里四套班子的领导与我们全乡干部合影留念。因此，常委们都同意提拔我为郊区副区长。

这对我来说是一件难得的大好事：一则，成为副处级，要上一个新台阶。这在壶关这个小县城来说，上个副处级，是个很难的事。二则，郊区在长治市说来，可以说是黄金地段，有很多人都想去。如今，梦也没梦见，要给我这个位置，我哪能不高兴呢？然而，我却谢绝了。我说，我知道我的能力有多高，本事有多大。在这样一个小乡里工作，还感到很吃力哩，而再到郊区管农业，恐怕就更不行了。

我这么一说，引得陈部长笑了，他说："老梁同志，我不逼你。不过，有两句话，需要讲给你，首先说，你是张正书书记第一个提出来的。一个人，能先得到书记的提名，是很不容易的事。再说，郊区是黄金地段，能来这里工作，很不容易。过了这个村，就没有这个店了。"

第二次是 1986 年春天，县委王书记来征求我的意见：要请示市委，想让我担任县委常委、宣传部长。

我说："王书记，你对我的关心，我不会忘记。记得 1983 年秋天，你刚来壶关当书记，就要让我当县委办主任，而后上常委……然而，我却向你推荐了通讯组组长牛建忠。原因是，我工作的这个地方，是壶关的西大门，是从壶关县到长治市的必经之路。凡上级来人，检查工作，首先看到的就是我们乡。可以说，这是个非常重要的地方，我愿意为县委把好这个大门。"我这么一说，王书记就接受了我的建议，让牛建忠当了县委办主任。

如今，他又来推荐我当宣传部长，按理我是应该接受的。然而，我是内向型性格，不是个活跃分子，不适宜当宣传部长。于是，我便向书记表态：愿意继续把好西大门。

第三次是 1987 年夏天，又是王书记来了。他说："忠文同志，你把的这个西大门太好了，已经为壶关争了光。实践证明，你是个既有能力又会干的好干部。目前，政协正缺一个副主席，想把你作为候选人，看你愿去不愿去？”

然而，我又一次地谢绝了。

三次提拔，三次谢绝，为什么要这样做？树有根，水有源，这得从原县委书记张维庆身上说起。

1980 年 9 月，我被任命为西庄公社（后改为集店乡）书记后，张维庆书记就语重心长地对我说：“忠文同志，你当这个书记不容易，在常委会上，多数人是不同意的，是经过大家思想的碰撞、沟通才统一思想的，把你提拔起来。这是因为，你在西庄大队搞过作业组，办过实事，得到了西庄人民的好评。一个人，在一个地方能够得到群众的拥护与爱戴，是很不容易的。因此说，讲良心，你也应该来这里工作。尤其目前，这里正处于困难时期，你应当带领全公社 14 000 人，艰苦奋斗，战天斗地，改变面貌，彻底解决全社人民‘吃、穿、住、行、用’五个方面的问题，也可叫作‘五个字’。冰冻三尺，非一日之寒。要解决好这‘五个字’，没有十年八年的工夫，是根本办不到的。你已经 45 岁了，应当把你的有生之年，贡献在这里了。”因而，我牢牢地记着张书记的话。

1982 年 4 月，张书记要往省里调动，在走的前夜，又把我叫到他的家里，说：“忠文同志，你在西庄很不错，既搞了包产到户，解决了老百姓的吃饭问题；又发展了工副业生产，在积极地解决老百姓的花钱问题。应当说，这仅仅是万里长征的第一步，离‘五个字’的实现还差得很远。还需要更加努力，更加奋斗，才会实现！”因而，我仍然牢牢地记着张书记的话。

1983 年 4 月，张书记已经成为副省长了，还要在百忙中，给我写来一封信。信中说：“忠文同志，虽然离开壶关一年了，但心里总还想着你和天补的工作。你是个急脾气，他是个直脾气，遇到问题，互不让步，就会出矛盾。你是班长，当班长不容易。你要学会当班长，学会弹钢琴。”“一个人的一生，无论能力大小，只要做了对人民有益的事，就问心无愧，活得有价值，有意义。”

张书记之所以一而再、再而三地关心我、指点我、教育我，不正是要我能够死心塌地地在这里工作吗？不正是要我落实他所提出的“吃、穿、住、行、用”这五个字吗？不正是在考验我，还符不符合共产党员的标准吗？

我深知，他的指导思想很明确：就是要我安心、安心、再安心，奋战、奋战、再奋战！不把本职当跳板，功劳当资本，下乡图的再升官；不学蜻蜓只点水，要学蚂蚁去搬山。“只要做了对人民有益的事，就问心无愧，活得有价值。”

从 1980 年 9 月来，到 1988 年 11 月走，在这里足足工作了八个年头。

在这八年间，按照张书记对我的要求，西庄乡群众基本上实现了“吃、穿、住、行、用”五个字。包产到户后的两年间，“吃、穿”二字就落实了。后几年，经过艰苦奋斗，终使“住、行、用”三件大事圆满实现。住：全乡 3800 户，80% 住上了新房；行：全乡由当初的 17 辆自行车，发展到 4000 辆，户均 1 辆多。拖拉机由 0 台，发展到 1300 台，3 户达 1 台；用：缝纫机、洗衣机、电视机等，已达到 8000 余件，平均每户 2 件以上。同时，全乡户均存款额也在万元以上。

在这八年间，我们乡的各项工作，在全县是排头兵。我们县有个习惯：每年年底，要按 10 项工作指标，打分排队，分高低。从 1981 年至 1988 年，连续八年，我们乡的总分，一直是全县第一。同时，我本人不仅多次出席过省、地、县召开的劳模表彰会，还被原晋东南地委授予全区农村改革家称号，并奖励一级工资。

可以说，在这八年间，我一生中最旺盛的精力与心血，都奉献在这里。

张书记：在您的关怀与指导下，我做到了问心无愧！在今日回忆往事的日子里，使我深深感到，您是党的好干部，您是壶关人民的好书记，您是我的大恩师！因而，我不能不把心里话吐给你听，不能不把风风雨雨的经历告诉您，不能不把八年的辛苦讲给您！

正是：

书记忠言刻心中，
乡间鏖战八秋冬。
不求升官求民生，
为民念出幸福经。

结局篇

JIEJUPIAN

我是含着眼泪离开集店乡的

题 记

县委书记张维庆把我提拔起来，安排在西庄，就是要我为官一任，造福一方。我是45岁上来的，就想工作到退休，正好15年。然而，只工作了8年，就调离了。还有很多事情，应办而未办，留下了遗憾！我只好含泪而走！

一提起调离集店乡，我就心酸、心痛、难过……要不是县委书记再三强调，我是不会离开这里的。

那是1988年10月上旬，县委书记来了。他一见我就说："忠文同志，你在壶关是个有功之臣。包产到户，是你在壶关带的头，使我们壶关县在全省中提前两年实行包产到户，解决了全县人民的温饱问题；你用一把黄土打天下，发展乡镇企业，解决老百姓的花钱问题，又推动了全县经济的发展；专业户、重点户两户的发展，又走在了全国之前。集店乡连续八年是全县排头兵，这是众所周知的。"

而后书记就提出了工作的调动："忠文同志，你应该知道，你今年53岁了，已经老了。目前，全县20个乡镇书记中，除你之外，大都是45岁左右。你已经超过他们七八岁了，考虑到干部年轻化和工作的延续性，你应该……"

而我呢？还没有想过离开这里。原因是，还有三步棋，没有走一步。老百姓们都盼望着我走好这三步棋：

第一步是让秸秆变肉、再变肥。秸秆沤粪是最好的肥料，它能够改良土壤，增加有机质，把地养肥。化肥，最能板结地，最能使土壤结疙瘩。长期使用化肥，必然要影响增产。而解决这一问题的最好办法，就是秸秆还田。可是，由于“大锅饭”的长期存在，古来秸秆沤粪的好习惯，早已变成焚烧秸秆的坏习惯。为解决这一问题，我们经过调查研究后，得出一条好办法，就是让秸秆先变肉、后变粪：以每亩地产秸秆 1.5 吨（干的）算，全乡 2 万亩耕地共可产 3 万吨。以 2.5 吨养一头肉牛算，可养 1.2 万头牛。按全乡 4000 户分，户均可养到 3 头牛。以 2 年养成一头肉牛，产肉 500 斤算，3 头牛就要产到 1500 斤肉，平均年产肉 750 斤。以斤价 20 元算，就是 1.5 万元。只这一项，人均收入就可达到 3700 元（这是一项很可观的收入）。同时，3 头牛还可产出高质农家粪 500 担，可施肥 5 亩地。可以说，这是一举两得的大好事。因而，广大群众都希望我落实这一计划。

第二步是让老果树换品种，推陈出新。东关壁、西关壁、三家村、回龙庄等四个村都有水果树，约 1000 亩。这些树大都是 30 年前发展的，其中有小国光、红卫、卫经等五个品种。这些品种早已落后了，不仅个头小、口感差、产量也不高。必须全部淘汰，更换当今流行的红富士、红星、红将军以及苏梨、雪花梨等新品种。这些品种，个头大、口感好、产量高，必须大力推广。推广的方法，最好是嫁接。三年后亩产值就会上到 2000 元。千亩果园，就是 200 万元。这四个村的人均收入，就可再增 1000 元。因而，果农们也在盼望着这项计划的落实。

第三步是建设新农村。我感到，这里的条件已基本具备：一是，已经有了一定的经济基础。从集体到个体，都有一定的积蓄。特别是个体户，80% 的农户都有存款，大都在万元左右。而建一座像样小楼房，用不了 5000 元。二是，建筑材料特别充足。全乡有机砖厂 20 个，年产机砖上亿块，还有水泥、石粉、石灰等厂。三是，村村都有木瓦匠，用不着外请匠人。

只需吆喝一声，就可开工建设。

我把这三步棋，向书记讲了，希望能够再留我三年，实现我的梦想。到那时，我会高高兴兴地离开这里……

县委组织部通知：11 月 11 日，新老书记对接。

我的心是酸的，是苦的，是乱的，哪有心思搞对接？因而，11 月 11 日早上五点钟，我就起床了。全院里都还黑着灯，唯有我的灯亮了。灶事员赵玉芳发现我起床了，就也起来，上楼来看我。

他说："梁书记，你为什么起得这样早？"

我说："我有个毛病，爱激动，一遇到激动的场面，就会掉泪。你知道吧，今天要搞对接，在这个场合下，我最容易掉泪，不如早点走了好！"

赵玉芳流泪了："梁书记，走就走吧！我给你做饭去！"

我说："还是不要吃饭了吧？"

他说："你是我难忘的好书记，再吃我的一顿饭吧，不吃了，我会伤心的！"半个小时做好了。

圆条拉面，是他的拿手戏，我吃过后，他就帮我把被子、行李绑在自行车上，送我到路边，说："梁书记，我会常去看你的。"

因为我的心情很不好，思想很混乱，不敢蹬车走，只好推着车子慢慢行。这一天，不知为什么，太阳升得很快，金色的阳光洒满大地。集店乡的村村庄庄、山山河河，都出现在我的眼前，不知什么时候，我的两眼已含满了泪水。

亲爱的集店乡政府：你，原是一片草地。大院三层高的主楼，是前任书记杨庭良扎下根子，我亲自指挥建成的；东西陪房及大门，又是我亲手设计修建的；院中的梧桐树、桃树、倒栽柳、枣树、牡丹花等，也都是由我亲手摆布美化的。经我一手建起的这座雄伟、壮观、大方、美丽的乡政府，我是多么地喜欢你、热爱你、赞美你啊！八年来，我从未离开过你一天！然而，今天却必须离开你了！我的心，哪能不酸呢？哪能不疼呢？哪能不苦呢？我是多么地舍不得你啊！……

亲爱的父老乡亲们：我在这里住了八年多，度过 2980 天，然而，最少也有 2400 天（80% 多），生活在乡亲们的家里。每当我走进乡亲们的家时，总要亲亲热热地家长里短地拉上一阵子心里话，才要吃饭，乡亲们总是给我做好饭、炒好菜、煮好汤……凡是好吃的东西，总是强迫我吃，只有吃到我的肚子里，乡亲们才高兴，才乐意。因此说，这八年，不仅是我辛辛苦苦、坎坎坷坷的八年，更是我一生中度过的最幸福、最愉快的八年……然而，我却被调走了！我的心，哪能愉快呢？哪能够放下乡亲们呢？尤其，还有很多应做而没有做的事，我就深感内疚、对不起。因而，还得请乡亲们多多原谅！

亲爱的张维庆书记：在这个时候，我最会想起您。我扬起头来，遥望太原城，向您说：我是 45 岁上，您把我安在这里的。我原想工作到退休（15 年）。可是，只工作了八年，还差七年，就要调走了……我的心里话，想您一定会听到，您一定会安慰我："忠文同志，任何工作，都是革命工作，应该想得通……"——谢谢您，张书记！我仍会听您的话，继续努力工作。我相信，我的精神总有一天会好起来……到那时，我会将我度过的"八年风云"，写成一卷资料，呈现在您的面前，作为向您的一次大汇报！……

这天上午，我回到家里，深感疲累，一吃过午饭，就睡了。想不到，各村支书大都来了。他们都拿了纪念品：有列宁选集、毛泽东选集、邓小平文选、中共党史等，还有笔记本、钢笔等。尤其是集店村，竟送给我一个飞机台灯，很漂亮。支书们说："梁书记，你的八年心血，我们不会忘记，我们将永远铭记在心里。"

我说："我更不会忘记大家，我的心，早已交给了咱们的父老乡亲！"

正是：

西庄、西庄，第二故乡。

集店、集店，鏖战山岗。
八年、八年，情深意长。
人走、人走，心在西庄。

我给张维庆书记的信

张书记：

您好！

去年3月份，我将《县委书记就应该这样做》的书稿正式交付山西人民出版社后，好像我的梦想将要实现，就想封笔。在这之前虽曾有过写一本八年乡官经历的想法，但因种种原因，总是不愿去写。这期间，尽管有诸多领导及同志都在鼓励我写，我也还是犹豫不定。之后，我看到一份中央文件，才触动了我……

这就是，我的孩子梁军拿给我一份中央文件：中共中央办公厅印发《关于加强乡镇干部队伍建设的若干意见》（以下简称《意见》）。我经过反复认真学习后，使我明确认识到，这个《意见》很好、很重要。它从五个方面讲了十五条意见。它不仅对乡镇干部的选拔、培养、使用等方面，做了一系列规定，还对乡镇干部的待遇、住房等问题，也提出了具体意见。可以说，这个《意见》，对乡镇干部来说，将是最大的关怀与支持。

那么，党中央对乡镇这一层级，为什么这样重视呢？这是因为，中国的大头在农村。中国的13亿人口，就有9亿是农民。也就是说，农业、农村和农民，是关系着改革开放和现代化建设全局的重大问题。没有农村的稳定就没有全国的稳定，没有农民的小康就没有全国人民的小康，没有农业的现代化就没有整个国民经济的现代化。

因此说，只有稳住农村这个大头，才能够把握全局的主动权。而要想稳住农村这个大头，就必须做好乡镇工作。因为乡镇这一层级，在全国起着枢纽作用。也就是说，乡镇是一个承上启下的机构：上接县里，下接农村。中央的路线、方针、政策，省、市的大政方针，县里的决策、决议等，都得通过乡镇这一层级去贯彻、去落实、去执行；农村的经济建设、农民的生活改善等，更离不开乡镇。全国的80多万个村庄，9亿多农民，都靠的是全国的3.45万个乡镇。换句话说，如果没有这3.45万个乡镇去组织、去统领，党中央的路线、方针、政策，就无法落实到农村；小康社会的建设，就无法从农村进行。

实践证明，乡镇一级是万丈高楼的根基，是中国最低一级的政府，是中国最关键的岗位。选派优秀的乡镇书记十分重要。乡镇书记是中国农村的顶梁柱。

那么，对顶梁柱的选拔应该靠谁呢？自然靠的是县委大胆地、毫不含糊地、在全县范围内去选拔。“千军易得，一将难求。”而您在壶关当书记时，就正是这样做的，正是您把乡镇书记的选拔当作头等大事去抓的。因为您狠抓了乡镇书记，乡镇书记狠抓了农村支书，仅两年时间，就使壶关的工作突飞猛进。尤其是广大老百姓的温饱问题，解决得很快，走在了全省前列。

我是您亲手选拔的干部之一，我当了八年乡镇书记。八年来，尽管我做得不好，没有做出过什么丰功伟绩，然而，却使我得到了锻炼，经受了风雨天，坎坷路，尝过酸甜苦辣味。既有成绩、经验，也有教训、问题，还应该去总结。

因而，接受大家建议，使我感到，应该写一写八年乡镇工作的经历，用真实的历史，用活的事实，回报给党，回报给社会。希望能起到一个抛砖引玉的作用。历经一年多时间，终于脱稿，约20万字。书名暂定为《八年乡官风雨路》。

这个初稿写成后，首先是希望张书记您给予把关。因为您对我最了解、最关心、最支持。

今将初稿呈上，望您费心审查与修改，并望写序为盼。

顺祝您及全家大安！

梁忠文

于 2015 年 8 月 1 日